Casimir Caillet

Des ruptures isolées de la choroïde

Thèse présentée à la Faculté de médecine de Strasbourg

Antigonos

Casimir Caillet

Des ruptures isolées de la choroïde

Thèse présentée à la Faculté de médecine de Strasbourg

Réimpression inchangée de l'édition originale de 1869.

1ère édition 2024 | ISBN: 978-3-38666-095-2

Antigonos Verlag est une marque de Outlook Verlagsgesellschaft mbH.

Verlag (Éditeur): Outlook Verlag GmbH, Zeilweg 44, 60439 Frankfurt, Deutschland
Vertretungsberechtigt (Représentant autorisé): E. Roepke, Zeilweg 44, 60439 Frankfurt, Deutschland
Druck (Imprimerie): Libri Plureos GmbH, Friedensallee 273, 22763 Hamburg, Deutschland

DES RUPTURES ISOLÉES

DE

LA CHOROÏDE.

THÈSE

PRÉSENTÉE

A LA FACULTÉ DE MÉDECINE DE STRASBOURG,

ET SOUTENUE PUBLIQUEMENT

LE LUNDI 18 JANVIER 1869, A 3 HEURES DU SOIR,

POUR OBTENIR LE GRADE DE DOCTEUR EN MÉDECINE

PAR

CASIMIR CAILLET,

DE CARPENTRAS (VAUCLUSE),

ÉLÈVE DE L'ÉCOLE DU SERVICE DE SANTÉ MILITAIRE,

EXTERNE DES HÔPITAUX CIVILS DE STRASBOURG,

LAURÉAT DE LA FACULTÉ DE MÉDECINE, MENTION TRÈS-HONORABLE (MÉDECINE, 1867),

PRIX (CHIRURGIE ET ACCOUCHEMENTS, 1868).

STRASBOURG,

TYPOGRAPHIE DE G. SILBERMANN, PLACE SAINT-THOMAS, 3.

1869.

A LA MÉMOIRE DE MON PÈRE.

A MA MÈRE.

A MES FRÈRES.

A MES PARENTS.

A MES AMIS.

C. CAILLET.

A MONSIEUR LE PROFESSEUR STŒBER

CHEVALIER DE LA LÉGION D'HONNEUR.

A MONSIEUR LE PROFESSEUR AGRÉGÉ MONOYER.

C. CAILLET.

FACULTÉ DE MÉDECINE DE STRASBOURG.

Doyen : M. STOLTZ O✻.

PROFESSEURS.

MM. STOLTZ O✻.	Accouchements et clinique d'accouchements.
FÉE O✻	Botanique et histoire naturelle médicales.
CAILLIOT ✻ . .	Chimie médicale et toxicologie.
RAMEAUX ✻	Physique médicale et hygiène.
J. TOURDES ✻ . .	Médecine légale et clinique des maladies des enfants.
SÉDILLOT C✻. / RIGAUD ✻	Cliniques chirurgicales.
SCHÜTZENBERGER ✻ .	Clinique médicale.
STŒBER ✻	Pathologie et thérapeutique générales et clinique ophthalmologique.
KÜSS	Physiologie. } Clinique des maladies syphilitiques.
MICHEL ✻	Médecine opératoire. } Clinique des maladies syphilitiques.
L. COZE	Thérapeutique spéciale, matière médicale et pharmacie (clinique des maladies chroniques).
HIRTZ ✻ . . .	Clinique médicale.
WIEGER	Pathologie médicale.
BACH	Pathologie chirurgicale.
MOREL	Anatomie et anatomie pathologique.

Doyens honoraires : MM. R. COZE O✻ et EHRMANN O✻.
Professeur honoraire : M. EHRMANN O✻.

AGRÉGÉS EN EXERCICE.

MM. STROHL.
KIRSCHLEGER.
HERRGOTT.
KŒBERLÉ ✻.
HECHT.
BŒCKEL (E.).

MM. AUBENAS.
ENGEL.
P. SCHÜTZENBERGER.
DUMONT.
ARONSSOHN.
SARAZIN.

MM. BEAUNIS.
MONOYER.
FELTZ.
BOUCHARD.
RITTER.

AGRÉGÉS STAGIAIRES.

MM. N..., N..., N...

AGRÉGÉS LIBRES.

MM. DAGONET, CARRIÈRE, HELD.

M. DUBOIS, secrétaire agent-comptable.

EXAMINATEURS DE LA THÈSE.

MM. STŒBER, président.
BACH.
ENGEL.
MONOYER.

La Faculté a arrêté que les opinions émises dans les dissertations qui lui sont présentées, doivent être considérées comme propres à leurs auteurs, et qu'elle n'entend ni les approuver ni les improuver.

DES RUPTURES ISOLÉES

DE

LA CHOROÏDE.

Introduction et plan.

Attaché au service d'ophthalmologie pendant les derniers mois de l'année qui vient de s'écouler, nous y avons puisé le sujet de notre dissertation inaugurale. M. le professeur agrégé Monoyer, alors chargé de la direction du service, nous ayant rappelé l'histoire intéressante d'un ouvrier scieur de long qui, à la suite d'un traumatisme, avait présenté une *rupture isolée de la choroïde*, ce fait excita à un haut degré notre curiosité. Nous avons voulu constater l'existence de cette lésion; nous avons rapproché ce cas des faits analogues existant déjà dans les annales de la science, et nous avons ainsi été conduit a étudier la question dans ses divers détails. C'est cette étude que nous soumettons aujourd'hui à l'appréciation et à l'indulgence de nos juges.

Mais avant d'aborder notre sujet, que M. Monoyer nous permette de lui exprimer toute notre reconnaissance des soins qu'il a pris de nous initier à l'étude des affections oculaires. Nous devons également remercier M. le professeur Stœber, et M. le professeur Monoyer, de nous avoir prêté l'appui bienveillant de leurs conseils et de leurs lumières

T.

1

et d'avoir facilité singulièrement les recherches bibliographiques que réclamait notre sujet, en mettant à notre disposition leur riche bibliothèque.

Rendons aussi hommage au talent de M. le docteur Gros, chef des cliniques à la Faculté; c'est à lui que nous devons la planche n° I, dont nous avons pu plusieurs fois admirer l'exactitude. M. Bell nous a également prêté le concours de son talent de dessinateur.

Un mot encore pour notre ami, M. Grollemund, interne des hospices civils : nous lui sommes redevable de la traduction des nombreuses observations allemandes de ruptures de la choroïde. Le mérite de la traduction des observations anglaises doit revenir à notre collègue, M. le docteur Ménard.

———

Notre travail sera divisé en deux parties.

Dans la première, après avoir fait l'historique du sujet qui nous occupe, nous étudierons les ruptures de la choroïde, en suivant l'ordre le plus généralement adopté dans la description des diverses maladies. Dans cette partie, nous nous efforcerons de tracer un tableau fidèle de la lésion, tableau dont nous puiserons les éléments dans les faits déjà observés.

Dans la deuxième partie, nous relaterons d'abord brièvement quelques expériences que nous avons entreprises pour étudier le mécanisme des ruptures de la choroïde. Bien que nous n'ayons pas atteint complétement le but que nous nous proposions, nos expériences présenteront peut-être un certain intérêt au point de vue des traumatismes de l'œil en général et du diagnostic différentiel des ruptures. Viendront en dernier lieu les observations que nous avons recueillies ; ne nous contentant pas d'analyses écourtées, nous avons voulu, pour chacune d'elles, remonter à l'original; nous croyons pouvoir garantir la fidélité des traductions que nous publions *in extenso*, et qui ont été faites avec un grand soin par MM. Grollemund et Ménard.

PREMIÈRE PARTIE.

Définition. — Historique.

Par *rupture isolée de la choroïde* nous entendons, non pas une rupture ne s'accompagnant d'aucune autre lésion intra ou extra-oculaire, mais une solution de continuité de la choroïde siégeant en un point du fond de l'œil où la sclérotique et la rétine sont restées continues.

Une pareille lésion n'a pu être étudiée avant l'admirable découverte de Helmholtz qui, en 1851, vint agrandir si considérablement le champ des affections oculaires, en permettant de voir avec une rare précision tous les détails du fond de l'œil. Personne auparavant n'avait cherché à découvrir à l'autopsie des lésions si minimes, que leur symptomatologie rangeait dans l'amblyopie ou l'amaurose.

En 1854 seulement, la mot de *rupture de la choroïde* est prononcé pour la première fois; sous ce nom, Græfe publie deux observations, dans le *Archiv für Ophthalmologie*. Dans les deux cas, Græfe ne donne aucun détail sur la nature du corps vulnérant qui, dans le premier, a produit la fracture des os propres du nez. Dans ce premier cas, on remarque également qu'un des vaisseaux de la rétine est interrompu dans son cours, ce qui permet d'élever des doutes sur l'intégrité absolue de cette membrane.

L'année suivante, Ammon fait connaître les lésions curieuses trouvées à l'autopsie d'un soldat qui s'était suicidé en déchargeant dans sa bouche un mousquet chargé de poudre et d'eau; l'orifice de l'arme était dirigé vers la voûte palatine. Les globes oculaires avaient échappé à une atteinte directe, mais avaient supporté une grave contusion. Dans un œil, qui présentait ce fait singulier que l'iris avait été reporté derrière le cristallin, il existait un léger épanchement de sang entre la choroïde et la sclérotique, et sur un point la choroïde offrait une rupture cunéiforme, sans solution ni de la rétine ni de la sclérotique dans cette région. Ce fait d'Ammon est, à notre connaissance, le seul où la rupture isolée de la choroïde ait été constatée à l'autopsie. L'auteur ajoute quelques mots sur le mécanisme de ces ruptures.

En 1860, Streatfeild publie en Angleterre, dans les *Ophthalmic Hospital Reports*, l'observation d'un marin qui, à la suite d'un traumatisme, souffrait d'un affaiblissement notable de la vue à l'œil droit. A l'ophthalmoscope on constate une excavation au niveau de l'entrée du nerf optique et deux ruptures de la choroïde. L'auteur joint à son observation une figure assez imparfaite et peu propre à porter la conviction dans l'esprit du lecteur. Mais la description qu'il en donne ne permet pas d'élever le moindre doute sur la nature de ces lésions.

La même année, et dans le même journal, Frank publie une observation remarquable à plus d'un titre. Il rappelle d'abord un premier cas en ces termes : « L'œil avait éprouvé de fréquentes contusions directes et il existait dans la choroïde des altérations diverses, conjointement avec des lignes d'un blanc argenté, indiquant des fissures de cette membrane. » Il passe ensuite immédiatement à l'observation que nous reproduisons plus loin *in extenso*. Cette dernière observation présente ceci de particulier que les ruptures n'affectent pas le siége et la disposition ordinaire, mais, partant des bords de la papille, se dirigent comme des rayons vers la périphérie. Nous reviendrons sur ce fait, à propos du mécanisme. Nous devons cependant noter que l'œil qui est le siége des ruptures, présentait en même temps d'autres lésions appréciables à l'ophthalmoscope.

Il faut alors arriver jusqu'en 1865 pour trouver de nouvelles observations de ruptures de la choroïde. Au mois de juillet de cette année, à Bonn, le docteur Hillenkamp présente, sur cette question, une dissertation inaugurale. Dans ce travail, l'auteur reproduit, ou plutôt résume les observations de Græfe et de Frank, sans indiquer la source où il les a puisées, et reproduit le passage suivant de Schweigger : « Dans les cicatrices de la choroïde, résultant de plaies perforantes ou

5

de fortes contusions, la sclérotique est presque constamment mise à
nu, à l'endroit qui correspond à la lésion, et la tache blanche produite
de cette manière est entourée de pigment. J'ai observé un cas où cette
modification était le résultat d'un plomb de chasse, qui avait effleuré
le côté externe de l'œil dans la région de l'équateur du bulbe [1]. »

Le docteur Hillenkamp relate ensuite deux observations nouvelles,
tirées de la clinique du professeur Sæmisch, de Bonn; dans l'une
d'elles, la première, il est remarquable de voir le scotome central,
d'abord existant, disparaître tout à fait et l'œil malade recouvrer l'intégrité de ses fonctions. La seconde présente ce fait singulier que,
après une amélioration notable, qui laissait espérer une issue des plus
heureuses, l'acuité de la vue baisse peu à peu, sans que l'examen ophthalmoscopique puisse donner l'explication de ce singulier phénomène.

L'auteur intercale quelques réflexions dans le cours des deux observations qu'il publie, et termine son travail par quelques considéra-
tions sur le mécanisme des ruptures et le diagnostic différentiel.

A la fin de la même année, le 15 novembre 1865, une nouvelle observation est publiée par Hirschler, de Pesth.

Ici la lésion de l'œil est accompagnée d'un gonflement douloureux
du périoste de la portion inférieure de l'orbite, résultant d'un vigoureux coup de poing. On constate deux ruptures. Ce dernier fait de deux
ruptures coexistantes, que l'auteur s'attache à trouver constant dans
les observations publiées antérieurement, bien que, dans ses deux observations, Græfe ne parle que d'une seule rupture, lui paraît être
d'un grand poids dans l'explication du mécanisme; il n'est cependant
pas éloigné d'admettre celui déjà invoqué par Ammon.

Hirschler rappelle ensuite brièvement un autre cas de rupture traumatique de la choroïde, coïncidant avec une plaie de la sclérotique
et une forme ovale de la pupille. Du reste, l'auteur n'a pu faire, dans ce

[1] *Leçons d'ophthalmoscopie*, par le docteur Schweigger; traduction française par le
docteur Herschell. Paris 1865, p. 90.

cas, qu'un examen rapide, et le diagnostic des ruptures n'est pas suffisamment établi.

C'est encore en 1865 que paraît la troisième et dernière livraison
du *Traité des maladies des yeux* de Seitz, continué par Zehender
(2ᵉ édit.), ouvrage dans lequel ce dernier auteur rapporte aussi une
observation de rupture de la choroïde; cette observation est accompagnée d'une figure chromo-lithographiée.

Au commencement de l'année 1866, Sæmisch publie la suite de la
deuxième observation de Hillenkamp, et fait connaître la cause de l'affaiblissement progressif de la vue survenu chez son malade, alors que
tout faisait espérer une amélioration de plus en plus complète. Il raconte qu'au mois de novembre il a pu constater un décollement assez
étendu de la portion de la rétine correspondant à la rupture, décollement qui intéressait la plus grande partie de la tache jaune. Nous ver-
rons plus tard ce qu'il faut penser du mécanisme que Sæmisch sup-
pose avoir présidé à ce décollement.

La même année paraît une observation de Haase; elle présente,
comme complications, la fracture du maxillaire supérieur et la luxation du cristallin. Les ruptures sont au nombre de trois.

Nous ne parlerons que pour mémoire d'une dernière observation
de Sæmisch, publiée en 1867 avec une planche chromo-lithographiée [1].
Elle ne se rapporte pas directement à notre sujet, car il s'agit de ruptures de la choroïde et de la rétine, et non de ruptures isolées de la
première de ces membranes. Nous signalons cependant cette observation, parce que l'auteur y essaie de rattacher au même mécanisme les
ruptures de la choroïde et celles de la rétine.

Nous ajouterons encore à cet historique une observation que nous
avons puisée dans le *Traité pratique des maladies des yeux*, de Fano
(1866). Il s'agit d'un étudiant en médecine qui, à la suite d'un traumatisme, présente au fond de l'œil trois bandes d'un blanc brillant

---

[1] *Klinische Monatsblätter für Augenheilkunde*, 1867, p. 31.

placées au voisinage de vastes hémorrhagies. L'auteur rattache ces bandes à des atrophies de la choroïde; si cependant nous considérons que l'examen est fait seize jours seulement après l'accident, et qu'il ne s'est manifesté aucun symptôme inflammatoire, si nous tenons compte de la forme de ces bandes à concavité dirigée du côté de la papille, nous croyons plus simple de voir là des ruptures de la choroïde.

En 1867, un médecin de Tiflis, le docteur Talko, a publié en langue russe une observation de rupture de la choroïde où la rétine, sans avoir été déchirée, paraît cependant avoir souffert d'une manière assez marquée. Cette observation a été traduite en allemand et insérée dans les *klinische Monatsblätter für die Augenheilkunde* de 1868, d'où nous la tirons pour la reproduire en français. Une planche chromo-lithographiée accompagne l'article russe.

Dans son excellent *Traité d'ophthalmoscopie* (1868), Mauthner, de Vienne, relate quatre nouveaux cas de ruptures de la choroïde. Dans deux d'entre eux, ces ruptures ne présentent pas la couleur d'un blanc brillant qu'on observe dans la majorité des cas, mais une coloration jaunâtre; dans une des observations il existe cinq ruptures.

Mauthner mentionne un cas appartenant à Stellwag de Carion et rapporté par cet ophthalmologiste dans son *Traité des maladies des yeux*, 2° édit. Vienne 1867. Nous n'avons pas pu nous procurer à temps cette dernière édition de l'ouvrage du professeur de Vienne, et nous ignorons s'il s'y trouve une observation détaillée ou simplement quelques indications explicatives d'une figure.

Nous terminerons cet exposé en mentionnant l'observation de M. le professeur Monoyer; nous la reproduisons intégralement à la fin de notre travail, telle qu'elle nous a été communiquée par l'auteur, qui a bien voulu compléter l'analyse qui en avait déjà été publiée dans les *Annales d'oculistique*. La lésion qui fait l'objet de cette observation a été observée par nous à plusieurs reprises. Nous avons pu étudier et contrôler, dans ce cas, les différents symptômes généralement considérés comme appartenant aux ruptures de la choroïde. Du reste, l'intelligence assez développée du malade se prêtait à une étude complète et permettait d'arriver à des notions précises.

Indépendamment des observations que nous venons de citer et de la dissertation inaugurale de Hillenkamp, les ruptures isolées de la choroïde ne sont traitées que dans trois ouvrages allemands : *a*) la monographie de Zander et Geissler sur les *traumatismes de l'œil*, *b*) le *Traité des maladies des yeux* de Seitz et Zehender, *c*) le *Traité d'ophthalmoscopie* de Mauthner. Elles ne se trouvent mentionnées que dans un seul ouvrage français, le *Traité théorique et pratique des maladies des yeux*, de L. Wecker, qui y consacre quelques lignes.

Cette lésion n'a été figurée que dans l'observation de Streatfeild, dans celle de Talko et dans les ouvrages de Zehender, de Fano et de Stellwag.

A ces divers titres, nous pensons que notre travail ne sera pas dénué d'intérêt ni d'opportunité, et que, rassemblant tous les faits épars dans la science, il pourra contribuer à donner à une affection encore peu connue et assez rare la place qui lui revient dans le cadre nosologique.

En résumé, le nombre des cas de rupture isolée de la choroïde observés jusqu'à présent, s'élève à un total de 21, qui se décompose ainsi :

1854. Græfe	2 cas.		1865. Zehender	1 cas.
1855. Ammon.	1 »		1866. Haase	1 »
1860. Streatfeild .	1 »		» Fano. .	1 »
» Frank .	2 »		1867. Stellwag.	1 »
1864. Schweigger. . .	1 »		» Talko .	1 »
1865. Sæmisch et Hillenkamp.	2 »		» Monoyer.	1 »
» Hirschler	2 »		1868. Mauthner	4 »

Nous ne rapporterons que 16 de ces observations; les autres, à l'exception de celle de Stellwag que nous n'avons pas eue sous les yeux, n'ayant été que trop brièvement mentionnées ou n'ayant pas fait l'objet d'un diagnostic suffisamment précis.

Symptômes. Marche. Durée. Terminaison.

Les ruptures isolées de la choroïde sont toujours le résultat d'un traumatisme. Elles peuvent, par conséquent, coïncider avec une foule d'autres lésions : fracture des os propres du nez (Græfe), plaie de la région sus-orbitaire (Frank), fracture du maxillaire supérieur (Haase), trouble de la cornée (Haase), plaie de la cornée et de la paupière supérieure (Talko), décollement de l'iris (Monoyer), luxation du cristallin (Haase), enfoncement de l'iris derrière le cristallin (Ammon), tuméfaction des paupières..... On ne trouve dans aucune observation la mention d'une cataracte ou d'un iritis traumatique ayant compliqué la rupture de la choroïde. Il est une complication qui paraît plus constante que les autres et que l'on trouve signalée presque dans toutes les observations où il est question de l'état de l'iris ; c'est la mydriase traumatique. Nous devons dire ici que nos expériences nous conduisent à penser que la mydriase ne suit pas immédiatement le traumatisme, mais qu'elle est précédée de myosis.

Les symptômes appartenant en propre à la rupture de la choroïde peuvent se diviser en deux classes : symptômes objectifs et symptômes subjectifs. Les premiers seuls permettent d'affirmer le diagnostic ; les seconds peuvent tenir aux lésions les plus diverses, et, dans les cas de rupture eux-mêmes, nous pensons qu'ils dépendent toujours de lésions concomitantes de certaines parties de la rétine, de la couche des bâtonnets notamment.

Symptômes objectifs. — La constatation de ces symptômes n'est possible, sur le vivant, qu'à l'aide de l'ophthalmoscope. Le siége de la solution de continuité se trouve ordinairement dans le voisinage du pôle postérieur, non loin de la tache jaune, plus souvent en dehors qu'en dedans du nerf optique. La forme la plus ordinaire est celle

T.   2

d'une bandelette assez longue et étroite, présentant une légère concavité du côté de la papille. Leur nombre est variable ; tantôt on n'en observe qu'une ; d'autres fois elles sont au nombre de deux ou de trois, le plus souvent parallèles. On doit regarder comme exceptionnelle la forme en coin, observée dans le cas d'Ammon, et qui ne paraît pouvoir s'expliquer que par la gravité du traumatisme qui l'a produite. Nous avons déjà fait remarquer que dans le deuxième cas de Græfe et dans celui de Frank, les ruptures partent des bords de la papille, en forme de rayons.

La coloration de ces bandes varie avec la période à laquelle on les examine. Dans les premiers jours, on observe le plus souvent des lignes d'un brun rouge (première observation de Græfe), interrompues quelquefois cependant par de petites places de coloration blanche, comme on peut le voir dans les deux observations de Hillenkamp. Toujours est-il que, dès le début, si l'examen du fond de l'œil peut être pratiqué, alors même qu'on ne voit pas franchement le reflet blanc brillant de la sclérotique, la forme particulière d'une ligne dont la coloration est moins foncée que dans le reste du fond de l'œil (ce qui tient à l'absence de la couche pigmentaire à ce niveau) permet, sinon d'affirmer, du moins de soupçonner le diagnostic. Cette coloration première disparaît peu à peu, à mesure que se résorbe l'épanchement sanguin, qui ne laisse plus aucune trace, ou seulement quelques petits amas pigmentaires, en général disséminés sur les bords. Alors apparaît un reflet blanc brillant dû, comme nous l'avons dit déjà, à ce qu'on voit au niveau de la rupture la coloration normale de la sclérotique.

Au milieu des diverses altérations que peut présenter le fond de l'œil, cette coloration n'a d'analogue que dans celle qui s'observe dans les cas d'atrophie de la choroïde. Ici, la coloration est due à la même cause, c'est-à-dire à la sclérotique qu'on aperçoit par transparence, à travers un tissu translucide.

Au devant des bandes blanches, on voit ordinairement passer des vaisseaux de la rétine, artères ou veines ne présentant pas d'interruption, ni d'altération d'aucune espèce, soit dans leur couleur, soit dans leurs contours. Ce fait est d'une grande importance au point de vue du diagnostic de l'intégrité de la rétine.

Un dernier symptôme, très-important, lorsqu'il est possible de l'observer, s'obtient à l'aide de l'ophthalmoscope binoculaire de Giraud-Teulon. Cet instrument, basé sur le même principe que le stéréoscope, permet d'avoir la sensation du relief, de constater que la ligne blanche se trouve sur un plan postérieur à celui des vaisseaux de la rétine, de voir dans la partie centrale une excavation et de reconnaître que les bords en sont plus ou moins taillés à pic. C'est du moins ce qu'affirme, dans sa dissertation inaugurale, le docteur Hillenkamp. Nous avons voulu vérifier ces assertions : nous avons constaté, en effet, que les vaisseaux apparaissent sur un plan antérieur à la ligne blanche ; mais nous n'avons pu arriver, en ce qui concerne cette ligne elle-même et ses bords, à avoir la moindre sensation de relief. Ce fait tient-il à ce que la déchirure n'existait plus, et que le vide avait été comblé par du tissu de cicatrice ? La chose n'est pas impossible. Voici du reste, au sujet de l'ophthalmoscope binoculaire, l'appréciation de Hirschler : « L'examen à l'aide de l'ophthalmoscope binoculaire ne donne pas de résultat plus net que celui fait avec l'ophthalmoscope monoculaire. Après des comparaisons répétées, j'arrive à penser qu'un œil exercé à reconnaître les différences de niveau, pourvu qu'elles soient un peu importantes, n'a pas besoin de cet instrument. Si, au contraire, les différences de niveau sont très-minimes, comme dans le cas spécial, on ne voit pas plus nettement avec l'ophthalmoscope binoculaire[1]. »

Nous pensons qu'il est également difficile de constater un symptôme signalé par Mauthner, la projection sur le fond de la rupture, de l'ombre des vaisseaux qui la traversent, lorsqu'à l'aide du miroir ophthal-

[1] *Wiener medizinische Wochenschrift*. 1865, n° 92.

moscopique on fait tomber sur eux les rayons lumineux dans une direction oblique.

Il n'est dit dans aucune observation, même dans celles où le malade a été suivi pendant un temps fort long, qu'on ait constaté un rétrécissement de la bande blanche, qui aurait été le résultat du retrait du tissu cicatriciel.

Symptômes subjectifs. — Dans cette classe entrent tous les troubles de la vision résultant du traumatisme. Au début, le plus souvent, l'exercice de la vue se trouve complétement aboli. Quelquefois le gonflement des paupières est si considérable, que le malade ne peut les écarter l'une de l'autre ; c'est ce qu'on peut voir dans la première observation de Hillenkamp et dans celle de Hirschler. Souvent une hémorrhagie dans la chambre antérieure, des troubles du corps vitré empêchent les rayons lumineux d'arriver jusqu'à la membrane sensible du fond de l'œil. Nous avons déjà signalé ce fait surprenant, que dans aucun cas de rupture de la choroïde on n'ait mentionné la coïncidence d'une cataracte traumatique.

Des lésions plus profondes peuvent encore empêcher l'acte de la vision, immédiatement après l'accident. Ce sont des décollements de la rétine, des hémorrhagies de cette membrane ou de la choroïde etc.

Nous devons encore rappeler les troubles plus ou moins étendus de la cornée, que nous ne trouvons relatés que dans l'observation de Haase, mais que nous avons produits plusieurs fois dans nos expériences, ce qui a considérablement gêné l'examen ophthalmoscopique immédiat.

Après un certain temps, en général, la vue s'améliore. Il se peut qu'elle recouvre complétement son intégrité, comme on le voit dans la première observation de Hillenkamp et dans celle de Zehender, bien que les ruptures fussent étendues et au nombre de trois. Mais c'est là un fait rare : ordinairement, après un certain temps, l'état de la vision reste stationnaire. S'il n'existe pas d'autre altération du fond de l'œil, il ne persiste quelquefois de trouble que dans la région correspondant à la rupture et aux parties voisines. Cette lésion se traduit dans le champ visuel par un espace tout à fait obscur ou moins éclairé que les parties environnantes: le malade voit sur un fond blanc une sorte de tache, dont la figure représente quelquefois assez exactement celle de la rupture (obs. I de Hillenkamp).

On a imaginé plusieurs appareils pour arriver à une détermination et à une délimitation précise de ces taches. Les procédés que nous avons vu employer à la clinique ont été décrits par M. le docteur Mouchot: « Lorsqu'on veut n'avoir qu'une détermination approximative, on se contente de faire fixer à l'œil en expérience un point brillant, un anneau par exemple, à la distance de 20 à 30 centimètres. Puis on fait avancer dans le plan de l'anneau et jusqu'à ce qu'il soit aperçu, le doigt que l'on agite légèrement. On répète l'opération dans toutes les directions. Pour obtenir des résultats tout à fait précis, on place le malade devant un tableau noir, on note exactement la distance qui sépare l'œil de ce tableau. Au niveau de l'œil on trace un point blanc, qui sert de point de fixation, et à l'aide d'un morceau de craie on opère, comme plus haut, avec le doigt. Notant alors les points où s'arrête le champ visuel, on les réunit par une ligne continue[1]. »

Ce dernier procédé donne, comme on le voit, des résultats assez précis, et a le mérite d'une grande simplicité.

C'est celui qui a été employé pour déterminer le champ visuel de notre malade, qu'on trouve représenté à la pl. II, rapporté à la distance de 15 millimètres.

Hâtons-nous de le dire, on obtient rarement ainsi, comme représentant le scotome, une figure analogue à celle de la rupture, même à une époque fort éloignée du moment de l'accident.

Un phénomène curieux, signalé pour la première fois par Hillenkamp, est celui d'un affaiblissement graduel de la vue survenant alors que tout semblait être rentré définitivement dans l'ordre. Dans le cas

---

[1] Mouchot, *Essai sur la rétinite pigmentaire*, diss. inaug. Strasbourg 1868, p. 26.

dont il s'agit ici, ce fait peut s'expliquer par le début d'un décollement de la rétine, que le professeur Sæmisch constata plus tard. Haase semble indiquer que l'acuité de la vue diminua après un certain temps chez son malade. Le même fait a été observé dans le cas de M. le professeur Monoyer sans que l'examen ophthalmoscopique ait révélé aucune modification du fond de l'œil. Même fait signalé par Hirschler.

La durée de l'affection qui nous occupe est toujours longue. Dans le cas le plus heureux qui ait été observé, celui d'un retour complet à l'intégrité des fonctions de l'œil, la guérison complète est arrivée après dix semaines (Zehender), et seulement au bout de six mois dans l'une des observations de Hillenkamp.

Lorsqu'on n'obtient pas cet heureux résultat, on peut voir survenir du strabisme. On sait depuis longtemps que l'inégalité dans la force des yeux est une cause puissante de strabisme. Cette déviation de l'axe visuel peut s'expliquer de deux façons : soit par ce que l'œil malade, ne percevant pas une image nette des objets, trouble ainsi la vision de l'œil sain, donne lieu à de la diplopie et se dévie pour placer dans la direction des rayons lumineux une portion de rétine à peu près insensible ; soit par ce que la tache jaune ayant perdu sa sensibilité, le point de fixation se trouve porté dans une autre partie du fond de l'œil que le malade veut placer dans la direction des rayons émanant de l'objet éclairé. Nous penchons vers la première hypothèse, car nous avons observé que chez le malade qu'il nous a été donné d'examiner, et qui présente précisément un scotome central, il n'existe aucune tendance au strabisme quand les deux yeux fonctionnent ensemble.

Nous ne trouvons qu'une fois la mention d'un fait assez fréquent dans les affections oculaires les plus variées ; nous voulons parler de cette sympathie curieuse qui existe entre les deux yeux, et qui fait que l'œil sain devient souvent malade consécutivement, alors que l'affection de l'œil primitivement atteint est due aux causes les plus diverses. Nous voyons Frank proposer à son malade l'extirpation de l'œil droit, comme le seul moyen de conserver la vue à l'œil gauche ; le malade ne voulut pas se soumettre à l'opération. Du reste, dans ce cas de Frank, la rupture de la choroïde n'était pas la seule altération dont l'œil droit fût le siége.

Diagnostic.

Nous diviserons le diagnostic des ruptures choroïdiennes en deux parties : dans la première, nous localiserons la lésion dans la choroïde ; dans la seconde, nous essaierons de la distinguer de toutes les autres affections de cette membrane.

I. — Dans les cataractes striées, barrées, les lignes blanches qu'on voit à l'œil nu se détacher sur le fond de l'œil ne sauraient en imposer pour des ruptures de la choroïde. En effet, ces mêmes lignes opaques se détachent en noir sur le fond rouge environnant, quand on se place dans les conditions requises pour distinguer à l'ophthalmoscope les membranes profondes de la cavité oculaire ; d'ailleurs l'examen, à l'aide de l'éclairage focal, montre parfaitement que les opacités en question ont leur siége dans le cristallin.

A la suite des traumatismes, on observe parfois, dans le corps vitré, des flocons membraneux ou des résidus d'hémorrhagie qu'il ne faudrait pas non plus prendre pour une lésion des membranes profondes. En général, ces parties opaques se déplacent dans les divers mouvements de l'œil. S'il restait des doutes, ce serait, je crois, le cas d'utiliser l'ophthalmoscope binoculaire ; on aurait ainsi la preuve que l'altération siége sur un plan bien antérieur à celui des membranes profondes. Du reste, ni la forme de ces opacités, ni leur couleur ne rappellent guère, en général, les bandelettes d'un blanc éclatant qu'on trouve dans les ruptures de la choroïde.

Il est plus difficile d'établir le diagnostic d'avec certaines altérations de la rétine (plissements de cette membrane, décollements circonscrits et linéaires, déchirures avec bords repliés sur eux-mêmes etc.). Le signe qui devient ici le plus important est fourni par l'intégrité des vaisseaux de cette membrane, qu'on voit le plus souvent traverser, *sans interruption ni inflexion*, les lignes blanches qui représentent les ruptures. Un autre élément important de diagnostic est donné par le résultat de l'examen à l'aide de l'ophthalmoscope binoculaire, lorsque l'observateur est assez habile pour constater des reliefs de 1/7 à 1/15 de millimètre. L'ophthalmoscope monoculaire permet d'ailleurs aussi de reconnaître les différences de niveau un peu considérables.

On observe quelquefois dans la rétine un fait physiologique, extrêmement rare, sur lequel H. Müller et Virchow ont attiré l'attention : ce sont des lignes, ou plus généralement, des plaques blanches, dues à des fibres nerveuses, qui, après avoir perdu leur double contour à leur passage à travers la lame criblée et avoir ainsi été réduites au cylinder axis, ont repris dans la rétine leur gaîne médullaire. La continuité des vaisseaux rétiniens au devant de ces lignes ne sera pas d'un grand secours pour le diagnostic, car ils sont répandus dans toute l'épaisseur de la couche des fibres nerveuses, de sorte que certains vaisseaux passent au devant des fibres et sont visibles dans tout leur trajet, tandis que d'autres, situés plus profondément, disparaissent aussi longtemps qu'ils sont recouverts par des fibres nerveuses à double contour. La coexistence de plusieurs de ces taches dans le même œil, et parfois aussi dans celui qui n'a pas eu à souffrir du traumatisme, leur direction, qui est toujours celle d'un rayon partant du nerf optique, dont elles atteignent habituellement le contour, pourront servir à les distinguer des bandes blanches dues aux ruptures de la choroïde ; ces dernières n'affectent que rarement cette direction, ont, en général, une forme plus allongée, une blancheur éclatante plus uniforme, et n'arrivent qu'exceptionnellement jusqu'à la périphérie de la papille. Dans les cas où la direction des ruptures de la choroïde est celle de rayons partant de la papille, on les verra ordinairement, comme dans le cas de Frank, présenter des inflexions ou des alternatives de dilatation et de rétrécissement.

Hillenkamp parle du diagnostic différentiel des ruptures de la choroïde et des altérations de la rétine dans la maladie de Bright. Il suffit de lire une description de ces altérations pour voir que pareille erreur est difficile. Dans ces altérations de la maladie de Bright, on voit certains vaisseaux rester intacts; mais on constate, par intervalle, des interruptions dans les points où ils traversent des parties altérées; de plus, les taches blanches dues à la dégénérescence graisseuse sont sans analogie avec la forme qu'affectent les ruptures de la choroïde. Enfin, dans la rétinite albuminurique il existe de petits points *jaunâtres* alignés en rayons autour du *macula lutea* et qui, avec les hémorrhagies rétiniennes, les plaques graisseuses et l'inflammation de la papille, représentent un ensemble de symptômes pathognomoniques de cette affection.

Il nous reste à établir le diagnostic différentiel des ruptures de la choroïde et d'une lésion de la rétine, qui nous a plusieurs fois induit en erreur dans nos expériences, et nous a fait croire à des ruptures, alors qu'on voyait tout disparaître après deux ou trois jours : il s'agit du décollement de la rétine. Chez le lapin, la disposition horizontale des vaisseaux qui n'envoient aucune ramification appréciable dans les régions supérieure et inférieure, rendait l'erreur plus facile. Chez l'homme, le diagnostic ne présente pas de grandes difficultés: les vaisseaux existent dans presque toutes les parties du fond de l'œil, et dans les cas de décollements, on les voit devenir sinueux, décrire des espèces d'ondulations, et prendre une coloration plus foncée. Le reflet blanc bleuâtre que donne le décollement de la rétine se présente souvent, surtout à la suite de traumatisme, sous forme de raies plus ou moins nombreuses et irrégulières, parfois anastomosées entre elles, mais dont les bords ne sont pas aussi nettement délimités que dans la rupture de la choroïde.

Si le décollement est considérable, on peut voir la membrane décollée se déplacer dans les divers mouvements du globe. A l'aide de l'ophthalmoscope binoculaire, en déplaçant la lentille objective, on voit la partie saillante formant relief se déplacer sur le fond de l'œil.

T.

Les vaisseaux de la rétine peuvent avoir subi la dégénérescence graisseuse et apparaître comme des filets blanchâtres (une pareille altération est représentée dans la figure de la Thèse de M. le docteur Mouchot). Cette altération ne s'observe guère qu'avec une affection concomitante du fond de l'œil; de plus, on voit, dans ces cas, la ligne blanche se continuer avec un vaisseau qui paraît nettement interrompu, ou bien, si la dégénérescence atteint le vaisseau depuis son origine, la ligne se continue jusqu'au centre de la papille.

II. — *Lésions de la choroïde.* Le docteur Hillenkamp cite la division congénitale de la choroïde, coïncidant avec un coloboma de l'iris. Fano[1] rapporte l'observation d'un cas où il existait un coloboma de l'iris et de la choroïde. Dans ces cas, on voit aussi les vaisseaux de la rétine traverser la lacune de la membrane vasculaire. La coexistence du coloboma de l'iris et d'autres arrêts de développement servira à établir le diagnostic.

Plus difficile sera la distinction entre la rupture et l'atrophie de la choroïde. « L'atrophie débute dans la choroïde par les cellules étoilées et pigmentaires de cette membrane, les décolore et les détruit. La chorio-capillaire s'amincit, ses vaisseaux diminuent de calibre; la couche épithéliale devient irrégulière, perd ses granulations pigmentaires, et finalement disparaît, ainsi que la chorio-capillaire elle-même. L'atrophie s'étend et ne laisse bientôt de la choroïde qu'une couche fine et translucide, composée essentiellement des éléments cellulo-élastiques de la membrane dont elle est le vestige, et qui, dans la plupart des cas, adhère à la sclérotique, surtout dans les parties où il s'est formé une ectasie.[2] » Ici donc, comme dans la rupture, l'observateur perçoit le reflet blanc brillant de la sclérotique. Pour établir ce point épineux de diagnostic, on aura à tenir compte de la marche de l'affection, de la forme des taches blanches et de leur multiplicité. De plus, « dans la choroïdite atrophique, ce qui frappe d'abord l'observateur, et ce

[1] *Loc. cit.*, t. II, p. 133.
[2] Wecker, *Traité des maladies des yeux*, 2ᵉ édit., t. I, p. 515.

qu'on rencontre à tous les degrés de la maladie, c'est une décoloration plus ou moins prononcée du fond de l'œil. [1] » On ne trouve rien d'analogue dans la rupture. Enfin, l'atrophie de la choroïde est rarement isolée ; elle s'accompagne le plus souvent de scléro-choroïdite postérieure.

L'affection décrite sous ce dernier nom, et qu'on observe le plus souvent chez les myopes, conduit également à l'atrophie de la choroïde. Mais ici l'observateur exercé ne pourra s'y méprendre. L'affection débute par un agrandissement du diamètre de la papille du côté de la tache jaune, dû à l'atrophie d'une portion de la choroïde en forme de croissant, dont la concavité embrasse le disque optique. Si cette altération passe inaperçue, les taches blanches du voisinage pourront être attribuées à des déchirures. On voit passer au devant d'elles les vaisseaux de la rétine ; leur tissu est translucide et laisse voir la couleur d'un blanc éclatant de la sclérotique. Il sera cependant, en général, facile d'éviter cette erreur, car les portions atrophiées seront le plus souvent multiples, présentant une forme plus ou moins arrondie et des bords irréguliers. Ce ne sont pas là les caractères des ruptures de la choroïde.

Quant aux exsudats qui se produisent dans la choroïdite, ils n'affectent pas la forme et ne présentent pas le blanc éclatant des ruptures, mais ils font une légère saillie et ont une teinte d'un blanc mat ; leurs contours sont un peu diffus.

Nous croyons qu'il peut être difficile de distinguer, au simple aspect, la rupture isolée de la choroïde des plaies perforantes ayant intéressé à la fois cette membrane et la sclérotique, après que s'est produite la cicatrisation. Le diagnostic n'est ici possible que d'après les anamnestiques, à moins que la rétine ne soit elle-même lésée, ce qui doit être le cas le plus fréquent.

En résumé, le diagnostic des ruptures de la choroïde est généralement aisé. Le fait d'un traumatisme récent, l'intégrité préalable de

[1] Fano, *loc. cit.*, t. II, p. 372.

la vision ne permettent pas, le plus souvent, d'hésiter sur l'explication de l'aspect que révèle l'examen ophthalmoscopique. Il faut toutefois se souvenir qu'on voit souvent des malades accuser un affaiblissement notable de la vue, qu'ils attribuent à une cause insignifiante qui n'a été pour eux que l'occasion de le constater. Dans l'observation de Frank, le soldat dont il est question ne s'aperçut de l'abolition presque complète de la vue à l'œil droit que le jour où un accident vint momentanément la supprimer à l'œil gauche.

Les signes dont la réunion ne permet pas d'hésiter un instant sont : la coloration d'un blanc brillant d'une bandelette longue et étroite, se terminant le plus souvent en pointe; une concavité du côté de la papille, représentant souvent un arc de cercle dont le disque optique serait le centre. Ajoutons à cela l'intégrité des vaisseaux rétiniens, traversant la solution de continuité.

Pronostic.

Le pronostic des ruptures isolées de la choroïde dépend d'une foule de conditions. Il doit, en général, être réservé. Sa gravité sera d'autant plus grande que la lésion siégera plus près de la tache jaune. On devra avoir toujours présent à l'esprit le fait de Sæmisch et redouter le décollement consécutif de la rétine. On se souviendra également que, dans le cas de M. le professeur Monoyer et dans ceux de Haase et Hirschler, il est survenu aussi un affaiblissement de la vue, à une époque éloignée de l'accident, sans que l'examen ophthalmoscopique ait pu fournir l'explication de ce phénomène.

Étiologie. Mécanisme.

Les causes traumatiques, qui sont toujours la source première des ruptures, peuvent se diviser en deux classes : les causes directes et les causes indirectes. Parmi les observations que nous avons recueillies, le plus grand nombre des ruptures reconnaissent une cause directe ; quatre seulement se rattachent, d'une façon évidente, à des causes indirectes : ce sont celles de Frank, d'Ammon et de Streatfeild, et une de Mauthner.

Les causes directes sont nombreuses : grain de plomb (Schweigger), coup de poing (Hirschler et Mauthner), morceau de fer (Hirschler), morceau de bois (Hillenkamp, Zehender, Talko et Monoyer), extrémité du manche d'une pelle (Mauthner)... On ne peut guère déduire de l'étude des diverses observations le rapport qui doit exister entre la cause vulnérante, son point d'application, la vitesse, la forme et le volume du corps contondant, et les caractères de la déchirure.

Les causes indirectes présentent ceci de particulier, que l'intensité de leur action n'est nullement en rapport avec l'étendue et le nombre des déchirures. Ainsi, dans le cas d'Ammon, on ne trouve qu'une déchirure assez circonscrite, bien qu'un mousquet, chargé de poudre et d'eau, eût été déchargé dans la bouche et eût largement fracturé les os du crâne. Dans l'observation de Frank, au contraire, la blessure paraît légère et les ruptures sont au nombre de deux. Ce fait assez curieux s'explique facilement, si l'on considère que, suivant le point d'application et la direction de la cause vulnérante, ses effets peuvent être transmis dans telle direction plutôt que dans telle autre, et agir ainsi avec plus ou moins d'intensité sur le globe oculaire. Dans le fait de Frank, la blessure était due à un morceau de brique ; dans celui de Streatfeild, c'était un coup de pelle qui l'avait produite ; dans le cas de Mauthner, il s'agit d'un coup de pied de cheval.

Quatre fois seulement, la rupture se rencontre chez la femme (Græfe, Hillenkamp, Zehender et Mauthner) ; ce fait s'explique facilement par les conditions différentes dans lesquelles vivent les personnes des deux sexes. Pour la profession, on trouve un boulanger (Græfe), un soldat (Frank et Talko), un marin (Streatfeild), un scieur de long (Monoyer), un tailleur de limes (Haase).

Dans les autres cas, la profession n'est pas indiquée. Quant à l'âge, on trouve treize ans comme limite inférieure; elle se présente dans la deuxième observation de Hillenkamp; c'est le cas où Sæmisch a constaté un décollement consécutif de la rétine. On peut se demander s'il faut voir dans le jeune âge du sujet une cause prédisposant à une pareille complication.

Une affection antérieure du globe oculaire peut-elle rendre la choroïde plus fragile, faciliter les ruptures? La chose n'est pas impossible; mais si l'on consulte les observations, on n'en trouve que deux où les parties profondes du globe oculaire soient le siége d'altérations morbides: ce sont celles de Frank et de Streatfeild.

L'histoire du malade de Frank autorise à reporter à une époque postérieure à la rupture l'origine de ces altérations, qui se sont probablement produites alors que ce soldat, exposé aux rayons du soleil réfléchis à la surface des mers des tropiques, ressentit des douleurs violentes dans l'œil droit. Le malade de Streatfeild était marin, et son affection paraît aussi avoir été postérieure à la rupture. Dans tous les autres cas, ni les anamnestiques, ni l'examen ophthalmoscopique n'ont révélé de lésion antérieure, ou d'autres altérations que le traumatisme ne saurait expliquer.

Plusieurs hypothèses ont été émises pour expliquer le mécanisme par lequel se produit la rupture. Ammon, dans le travail déjà cité, expose ainsi ce mécanisme: « La rupture de la choroïde que présente l'œil droit est un fait remarquable. Il n'y avait dans la région correspondante aucune lésion analogue de la sclérotique ni de la rétine. La choroïde placée entre les deux autres membranes était seule rompue. Peut-être, à la suite de la commotion du globe oculaire qui produisit l'enfoncement de la sclérotique (car c'est ainsi que les commotions violentes retentissent sur les organes voisins), cette membrane résistante agit-elle sur la choroïde immédiatement sous-jacente et la déchire-t-elle. Cela expliquerait aussi pourquoi la rétine resta intacte, car elle ne put être atteinte par la sclérotique infléchie vers l'intérieur du globe. »

Hirschler n'est pas éloigné d'adopter cette opinion. Seulement il s'évertue à trouver l'explication d'un fait qu'il a le tort de croire constant : la coexistence de deux ruptures.

Le docteur Hillenkamp, sans entrer dans de grands détails à ce sujet, dit que le tissu choroïdien, étant uni assez intimement à la sclérotique au niveau de l'entrée et de la sortie des vaisseaux, ne peut pas suivre cette membrane dans l'extension qui est le résultat du traumatisme, et se déchire. C'est cette opinion que nous adopterons, en cherchant à lui donner plus de précision.

Voici comment nous nous expliquons ce mécanisme : la choroïde et la sclérotique représentent deux surfaces sphériques concentriques emboîtées exactement l'une dans l'autre. Les deux surfaces sphériques se trouvent intimement unies en deux points : à la partie postérieure, au pourtour de la papille, et à la partie antérieure, au niveau de l'*ora serrata* et des procès ciliaires. Si, sous l'action d'une violence extérieure, la portion de la sclérotique comprise entre les deux points fixes se trouve aplatie de façon à devenir plane, ou à représenter une surface de sphère d'un rayon beaucoup plus grand, la choroïde, qui représente une surface sphérique à rayon plus petit, ne pourra pas se prêter à une distension correspondante, en supposant même que son extensibilité soit égale à celle de la sclérotique, et cédera dans son point le plus faible. En effet, Huschke assigne à la choroïde 1,7 à 1/10 de millimètre d'épaisseur près du nerf optique, 1/15 de millimètre au milieu et 2 millimètres en avant. Or c'est, en général, vers le milieu, plus près du nerf optique que de la partie antérieure, que se produit la rupture, et cette rupture est le plus souvent courbe, à concavité du côté de la papille ; elle semble attester qu'il y a eu une traction exercée autour du disque optique dans la direction de l'équateur. Dans les cas où la rupture affecte la direction de rayons, un mécanisme analogue peut encore l'expliquer; il suffit de reporter les points d'adhérence entre la sclérotique et la choroïde, là où les petits vaisseaux et les filets nerveux se rendent d'une membrane à l'autre ;

l'union qui en résulte, en général assez faible, est peut-être exceptionnellement plus intime.

Dans le cas rapporté par Ammon, la forme de la rupture nous paraît
pouvoir s'expliquer plus facilement par une sorte de disjonction brusque
résultant d'une compression soudaine du bulbe.

Quel que soit le mécanisme qu'on admette, il reste à expliquer
pourquoi la rétine, membrane délicate et peu résistante, reste intacte
alors que la choroïde est déchirée. Nous croyons que la raison de ce
phénomène doit être recherchée dans les conditions anatomiques dans
lesquelles se trouve la rétine. En effet, la surface externe ou convexe
de cette membrane est en rapport avec la face interne de la choroïde,
sans adhérer à cette membrane. Toujours est-il que la rétine se décolle
plus facilement qu'elle ne se rompt. Nous avons trouvé deux observations où la rétine était rompue en même temps que la choroïde; dans
les deux cas, la force qui a produit la lésion était considérable.

L'un d'eux est celui de Sæmisch déjà cité ; le second appartient à
Wharton Jones, qui le raconte en ces termes : « Un officier fut frappé,
en Crimée, d'un éclat d'obus à la tempe et se releva aveugle du côté
atteint. L'œil du côté opposé n'avait rien ressenti. A l'ophthalmoscope,
je découvris une déchirure transversale de la rétine et de la choroïde[1]. »

Nous devons aussi essayer de nous expliquer le mécanisme du
décollement de la rétine, que Sæmisch a vu survenir consécutivement à la rupture de la choroïde. Se basant sur ce fait que c'est
dans la partie correspondant à la plus grande largeur de la rupture que s'est fait le décollement, le professeur de Bonn admet qu'en
ce point les bords de la solution de continuité se sont fixés à la sclérotique et ont établi ainsi un point d'appui vers lequel s'est faite une
rétraction des parties voisines. Les portions de la choroïde, ainsi rétractées, représenteraient sur une coupe deux cordes sous-tendant une

[1] Wharton, Jones, *Traité pratique des maladies des yeux*, traduction française par
le docteur Foucher, 1862, p. 62.

portion de la circonférence appartenant à la sclérotique; cette rétraction aurait forcé la rétine à se plisser et à se décoller.

On peut faire à cette théorie plusieurs objections. D'abord, il n'est pas dit, dans l'observation, que les bords soient considérablement écartés. De plus, dans l'hypothèse de Sæmisch, la rétraction aurait son siége dans le tissu choroïdien voisin de la rupture; or, pour qu'un pareil fait se produise, il faut un certain degré d'inflammation. Eh bien ! Sæmisch le dit lui-même, s'il y avait eu inflammation, elle se serait développée plus tôt.

Nous croyons, au contraire, que les deux bords de la rupture ont adhéré entre eux, qu'il s'est ainsi produit du tissu de cicatrice infiniment et indéfiniment rétractile, qui aura agi lentement pour produire le tiraillement du tissu voisin et le décollement de la rétine.

Si le décollement occupe la partie la plus large de la rupture, ceci n'a rien qui doive nous étonner ; c'est, en effet, dans ce point que siégera la portion la plus étendue de la cicatrice et que, par conséquent, la rétraction devra être la plus considérable. La lenteur de la cicatrisation dans un tissu riche en vaisseaux, mais pauvre en capillaires et d'une faible vitalité, expliquerait pourquoi la complication ne s'est développée que tardivement.

Pourrait-il se produire des ruptures incomplètes de la choroïde, intéressant la couche épithéliale et la chorio-vasculaire, ou la première de ces membranes seulement? La structure de la couche la plus externe de la choroïde, appelée *lamina fusca*, composée de cellules à prolongements longs, nombreux et anastomosés entre eux, rappelant, par conséquent, la disposition des fibres élastiques, semble devoir faire admettre la possibilité de ces sortes de ruptures. Mauthner, se basant sur la coloration jaune qu'il a observée dans deux cas, paraît disposé à les admettre; mais si nous remarquons que dans tous les cas la coloration blanche de la sclérotique mise à nu devient de plus en plus évidente, à mesure que l'on s'éloigne de l'époque de l'accident, et que dans les cas où le médecin de Vienne signale la coloration jaune, il

s'agit de ruptures récentes, on peut se demander s'il ne faut pas attri-
buer cette coloration à un reste d'épanchement sanguin qui n'est pas
encore complétement résorbé.

On doit aussi se demander pourquoi le champ visuel ne reste pas
normal au niveau des ruptures de la choroïde, alors que l'examen ne
révèle pas d'altération dans le tissu de la rétine. S'agit-il là d'un simple phénomène vital, d'un vice de nutrition? La rétine a ses vaisseaux propres, qui suffisent à la nourrir. Faut-il accuser la suppres-
sion du *calorifère* de la membrane nerveuse, suivant l'expression
poétique par laquelle M. le professeur Küss explique les fonctions
de la choroïde? Nous ne le pensons pas. Souvent la fente est trop
minime pour pouvoir permettre une pareille interprétation, et, plus
souvent encore, le rétrécissement du champ visuel ou le scotome
central ne rappelle pas, par sa forme et ses dimensions, celles
de la rupture. Nous admettons donc que la rétine a été le siége
d'une commotion. Le nombre des cas où la commotion peut être in-
voquée à titre étiologique, a été fort réduit par l'ophthalmoscope; mais
« on est obligé d'avouer qu'il est des cas d'ébranlement violent de
l'œil, suivi de perte absolue de la vision, dans lesquels il est impossible
de trouver aucune lésion matérielle appréciable, bien que dans la
majorité on constate le contraire.....

« Que se passe-t-il dans les cas de ce genre? Quelles sont les modifications moléculaires subies par la substance nerveuse rétinienne?
L'examen de la rétine au microscope résoudrait-il le problème[1]? »

Traitement.

Il n'existe, à proprement parler, aucun traitement des ruptures
isolées de la choroïde. Il est difficile d'agir, par n'importe quel moyen,
sur une lésion de ce genre, placée aussi profondément. La seule chose

[1] Fano, *loc. cit.*, t. II, p. 491.

qu'on puisse tenter dans ce sens, c'est de favoriser la cicatrisation, en hâtant la résorption du sang épanché entre les bords de la déchirure; c'est pour remplir cette indication qu'on emploie largement, en Allemagne, la sangsue artificielle de Heurteloup. Nous croyons que des émissions sanguines locales, obtenues par divers moyens, peuvent, dans la plupart des cas, remplacer cet instrument. Ces émissions sanguines sont à peu près toujours indiquées, au début, par des lésions concomitantes.

Il est un médicament que nous n'avons trouvé signalé que deux fois dans les diverses observations que nous avons recueillies (Haase et Monoyer): c'est le sulfate d'atropine. Dans les cas les plus nombreux, où le patient se présente au médecin assez longtemps après l'accident et où il existe une mydriase très-prononcée, ce médicament ne peut être que d'une faible utilité; nous pensons qu'il en est autrement dans les cas récents.

En effet, l'iritis est assez souvent la conséquence d'un traumatisme; nous avons observé une fois, dans nos expériences, cette complication, qui n'est signalée dans aucune des observations de rupture. Dans ces cas, l'atropine interviendra utilement, sinon pour enrayer l'inflammation, du moins pour empêcher l'agglutination des bords de la pupille et l'obstruction de l'ouverture par des exsudations plastiques.

Le bandage compressif et les applications de glace ont aussi été utilisés dans le but de prévenir l'inflammation (Hillenkamp, Haase).

Dans l'observation de Frank, nous voyons le médecin anglais proposer à son malade l'extirpation de l'œil droit; mais, nous l'avons déjà fait observer, il ne s'agissait pas dans ce cas d'une rupture pure et simple de la choroïde: l'œil en question était le siége d'altérations plus graves. On peut donc dire que les faits observés jusqu'à ce jour n'autorisent pas à penser que la lésion oculaire qui nous occupe, puisse agir sur l'œil sain d'une façon assez fâcheuse pour réclamer l'ablation de l'œil malade primitivement.

Si le mécanisme que nous avons exposé pour expliquer le décollement de la rétine, est le vrai, il sera difficile de prévenir cette complication. Nous pensons néanmoins que dans les cas où on a lieu de craindre son développement, le malade devra, autant que possible, se mettre à l'abri des commotions de l'œil, même les plus faibles.

DEUXIÈME PARTIE.

Expériences.

Nos expériences portent sur trois lapins; elles ont été faites à l'aide d'une arbalète, dont l'arc a été plus ou moins tendu, et de balles sphériques en argile desséchée, du poids moyen de $0^{gr},70$ et du diamètre de $8^{mm},5$. Nous relaterons successivement les expériences faites sur chacun des lapins, que nous désignerons par les n°⁵ 1, 2, 3, en ayant soin d'indiquer la date de chacune des expériences.

Lapin n° 1.

ŒIL DROIT.

Le 12 décembre 1868. — 1re *expérience* (arc peu tendu). Coup tiré à bout portant: Pas de résultat.

2° *expérience*. (La vitesse du projectile est de 17 mètres.¹) Coup tiré à bout portant, mais dirigé un peu obliquement d'avant en arrière:

Légère injection de la conjonctive. Myosis; pupille allongée dans le sens vertical, mesurant 4 millimètres en largeur et 5 millimètres en longueur, au lieu de 7 millimètres dans toutes les directions, qu'elle avait avant l'expérience. Instillation de sulfate d'atropine.

Le 14. A l'ophthalmoscope (image renversée), petits points blancs réunis dans un espace étroit au-dessus de la papille, et séparés d'elle par une distance égale à son petit diamètre.

Le 15. Les petits points sont moins distincts et moins nombreux.

Le 18. Fond de l'œil normal.

3° *expérience* (vitesse du projectile de 19 mètres). Coup tiré à bout portant et de face.

Érosions de la cornée. Myosis moins prononcé qu'à la deuxième expérience. Trois lignes blanches au-dessus de la papille.

---

¹La vitesse a été calculée à l'aide de la formule $v = \sqrt{2\,g\,h}$; h représente la hauteur à laquelle arrivait le projectile lancé verticalement avec le même degré de tension de l'arc. La valeur ainsi obtenue n'est qu'approchée, car on ne tient pas compte de la résistance de l'air, et, d'ailleurs, les hauteurs n'ont pas été mesurées avec une grande précision.

Le 19. Cataracte circonscrite. Iritis caractérisé par l'irrégularité de la pupille et quelques synéchies postérieures. On ne voit pas le fond de l'œil.

Le 21. Même état.

Le 22. Même état. Le lapin est tué par des inhalations de chloroforme.

Autopsie. Lignes d'un blanc grisâtre. Nous parvenons à retrouver sous le microscope les figures révélées par l'examen ophthalmoscopique. On aperçoit encore d'autres lignes blanches dues au plissement de la rétine résultant de l'étalement des membranes sur la lame de verre. La rétine est détachée avec précaution, et nous pouvons constater l'intégrité de la choroïde ; on voit les cellules pigmentaires de la couche épithéliale.

ŒIL GAUCHE.

Le 14 décembre. — 1re *expérience* (vitesse du projectile de 19 mètres). Coup tiré d'une distance de 15 centimètres et dirigé un peu obliquement.

Pas de résultat.

2e *expérience.* Second coup tiré immédiatement après le premier et de face (même vitesse du projectile) :

Injection de la conjonctive. Érosion centrale de la cornée, qui gêne l'examen ophthalmoscopique. On arrive cependant à distinguer deux lignes blanches au-dessus de la papille.

Le 15. Troubles de la cornée presque effacés. Cataracte circonscrite. Au fond de l'œil, lignes blanches étroites, à contours assez nets. A l'aide de l'ophthalmoscope binoculaire, on voit, au devant d'une de ces lignes, une sorte de voile membraneux, qui se déplace par les mouvements de la lentille objective. A gauche, grande tache blanche.

Le 18. Lignes blanches en partie effacées. Persistance de la plaque blanche.

Le 19. Même état.

Le 22. Même état.

Autopsie. On constate les mêmes phénomènes qu'à l'œil droit. Prenant entre les doigts la choroïde et la sclérotique encore unies entre elles et exerçant une certaine traction, nous obtenons des déchirures assez régulières de la choroïde. En essayant de détacher cette dernière membrane de la sclérotique, à l'aide d'une pince, on la déchire et on l'arrache par lambeaux.

Lapin n° 2.

ŒIL DROIT.

Le 12 décembre 1868. — 1re *expérience* (vitesse du projectile de 17 mètres). Coup tiré à bout portant.

Myosis.

Le 15. Lignes blanches nombreuses et irrégulières au-dessus de la papille.

Le 21. Les lignes blanches sont presque complétement effacées.

2° expérience (vitesse du projectile de 21^m,5). Coup tiré à bout portant et de face. Myosis prononcé.

Le 24. Mort par inhalations de chloroforme.

Autopsie. L'œil, pressé entre les doigts, se vide par la lame criblée. Placé sous l'eau, il montre intacte la rétine, qui est soulevée. Nous constatons alors une petite ligne blanche, que le microscope montre clairement être une rupture de la choroïde ; on voit à ce niveau l'interruption de la couche épithéliale.

ŒIL GAUCHE.

Le 12 décembre. — *1re expérience* (vitesse du projectile de 17 mètres). Coup dirigé obliquement.

Myosis.

2e expérience (vitesse du projectile de 19 mètres). Coup tiré presque de face.

Myosis plus prononcé; pupille un peu allongée verticalement (2 millimètres en largeur et 3 millimètres en hauteur).

Le 14. Cataracte résultant de la déchirure de la capsule. Au fond de l'œil (image renversée), à droite et en haut, lignes blanches nombreuses; à gauche, tache blanche.

Le 15. Tache et lignes moins prononcées.

Le 23. Encore quelques plaques blanches.

Le 24. *Autopsie.* Cet œil, pressé aussi entre les doigts, se rompt. La déchirure comprend les trois membranes; elle est antéro-postérieure, intéresse la cornée dans le quart de son diamètre, et s'étend sur la sclérotique dans une étendue à peu près égale.

Lapin n° 3.

ŒIL DROIT.

Le 17 décembre 1868. — *1re expérience* (vitesse du projectile de 19 mètres). Deux coups tirés à bout portant. Pas d'instillation de sulfate d'atropine.

Myosis très-prononcé.

Le 18. Myosis moindre.

Le 19. Plus de myosis. Lésions du fond de l'œil analogues à celles qui ont été observées dans les expériences précédentes.

Le 23. Mort par inhalations de chloroforme.

Autopsie. L'œil, isolé et placé sur une table, reçoit successivement plusieurs coups de force inégale, portés à l'aide d'un morceau de bois; il finit par éclater. Il est le siége d'une déchirure analogue à celle de l'œil gauche du lapin n° 2. On ne trouve rien dans le reste du fond de l'œil.

ŒIL GAUCHE.

Le 22 décembre. — 1re *expérience* (vitesse du projectile de 21^m,5). Deux coups tirés à bout portant.

Le 23. *Autopsie.* On constate des décollements de la rétine. Choroïde intacte.

Avant nous, Hillenkamp, faisant des expériences sur de jeunes chiens, n'a pu obtenir de rupture de la choroïde. Il ne donne du reste aucun détail sur ces expériences. Nous n'avons pas été beaucoup plus heureux que notre confrère allemand : une seule fois nous avons pu constater, à l'autopsie, une déchirure de cette membrane; mais dans ce cas, le globe oculaire avait été isolé et écrasé entre les doigts, et nous ne pensons pas qu'on puisse invoquer ce fait pour servir à l'explication du mécanisme de la lésion qui nous occupe.

Un phénomène assez curieux a été observé sur l'œil droit du lapin n° 1 ; c'est la forme ovale de la pupille constatée dans la 2e expérience. Elle doit être attribuée à une contraction plus énergique des fibres de l'iris placées sur le trajet du projectile, car il n'existait pas ici, comme dans l'observation de M. Monoyer où l'on constate la même forme de la pupille, de décollement de l'iris. Nous croyons que dans les cas récents cette forme pourrait quelquefois servir à reconnaître quelle a été la direction du corps vulnérant.

Les autres lésions : érosions, troubles de la cornée, cataractes, troubles du corps vitré, n'ont rien présenté de particulier, si ce n'est la rapidité de leur guérison.

Les nombreuses lignes blanches observées au fond de l'œil méritent d'attirer un instant notre attention. L'autopsie a démontré qu'elles étaient le résultat d'un décollement ou d'un plissement de la rétine, qui n'est plus immédiatement appliquée contre la choroïde. Il semble qu'après avoir obéi à la force qui a produit la compression du globe oculaire, cette membrane, moins élastique que les autres, n'a pas pu reprendre sa forme primitive.

OBSERVATIONS.

OBSERVATION PREMIÈRE.

(A. DE GRÆFE, *Archiv für Ophthalmologie*, 1854, I, 1re partie, p. 402.)

« Un boulanger reçut à la face un coup violent, qui fractura les os propres du nez, produisit en même temps une contusion des paupières et entraîna un trouble notable de la vue. La région centrale du champ visuel paraissait assombrie, et le malade ne pouvait distinguer qu'avec peine les grands caractères d'imprimerie. L'exploration, à laquelle il fut procédé quelques semaines après l'accident, montra la papille, ainsi qu'une portion du fond de l'œil placée autour d'elle et de forme losangique, séparées des autres parties par une ligne étroite et d'un rouge brun. La figure, ainsi circonscrite, était fermée de tous côtés, à l'exception de l'angle supérieur et interne; en cet endroit, les tissus renfermés dans l'intérieur du losange en question se continuaient sans interruption avec le reste du fond de l'œil resté sain. Du reste, dans la majeure partie du petit espace ainsi limité, la rétine et la choroïde présentaient leur aspect normal; ce n'est que tout près des bords, et sur une faible étendue, qu'on remarquait dans la choroïde des ecchymoses en forme de stries. Les lésions, ainsi constatées, se rapportaient évidemment à un résidu d'hémorrhagie de la choroïde d'origine traumatique; mais il ne fut pas possible, à ce moment-là, de préciser davantage le diagnostic.

« Au bout de quelques mois, les ecchymoses disparurent, laissant à leur place du pigment légèrement brunâtre. D'autre part, le sillon de délimitation devint de plus en plus clair et finit par offrir l'apparence d'une bandelette à reflet blanc brillant, à bords très-nets et bruns. On ne pouvait plus en douter : il s'agissait ici d'une rupture de la choroïde, laissant voir, à travers la rétine intacte, la coloration normale de la sclérotique. Les vaisseaux rétiniens, qui passaient au devant de cette déchirure choroïdienne, ne présentaient pas de solution de continuité, à l'exception d'un seul, plus volumineux que les autres. De là je crus devoir conclure que la rétine n'avait pas été divisée, ou du moins qu'elle ne l'était que sur une faible étendue ; ce qui venait à l'appui de cette manière de voir, c'est que, si la membrane sensible eût présenté une déchirure aussi grande que celle de la choroïde, la vue n'aurait pas pu conserver le degré d'acuité observé. Six mois après, l'état de la vue n'avait pas éprouvé le moindre changement. »

T.

OBSERVATION II.

(A. DE GRÆFE, *loc. cit.*, p. 403.)

« Un jeune fille, dans sa vingtième année, vint me consulter pour un strabisme convergent et pour un affaiblissement de la vue porté à un haut degré ; ces deux affections étaient survenues à la suite d'un traumatisme. Je constatai une paralysie du muscle droit externe ; de plus, à l'ophthalmoscope, on voyait partir du nerf optique et se diriger en dedans une bande très-claire, dont la largeur était égale au rayon de la papille et dont la longueur en représentait cinq fois le diamètre. Sur les bords de cette bande se trouvaient des amas de pigment d'un brun rougeâtre ; elle était traversée par deux vaisseaux rétiniens dans un état d'intégrité parfaite. Je crois devoir aussi rapporter cette altération à une rupture de la choroïde. La malade pouvait lire les grands caractères et, à l'aide de verres convexes, les caractères de grandeur moyenne. »

OBSERVATION III.

(J. F. STREATFEILD, *Ophthalmic hospital Reports*, 1859-1860, II, p. 241.)

« Le 19 mars 1860, Michel Giles, vigoureux marin, âgé de trente ans, vint me consulter à Moorfields, se plaignant d'un affaiblissement notable de la vue à l'œil gauche. Ce trouble visuel ne lui occasionnait du reste aucune gêne, parce que l'œil droit avait conservé l'intégrité de ses fonctions ; mais il lui arrivait parfois, quand l'éclairage était faible, de ne pas bien distinguer l'aiguille de la boussole ; le capitaine de son vaisseau s'en était aperçu et s'était plaint à ce sujet.

Près du bord inférieur et interne de la cornée, l'œil gauche présente un néphélion ; l'iris est tremblotant ; la pupille circulaire, de dimension normale ou peut-être un peu dilatée ; l'iris obéit assez bien à l'action de la lumière. On ne trouve aucun signe extérieur d'inflammation ancienne ou récente. La tension du globe oculaire est sensiblement normale. Le malade ne peut compter les doigts, ni distinguer les grands objets qu'à une faible distance. L'œil droit paraît sain ; il voit de loin.

Voici l'histoire de ce marin. Il avait toujours joui d'une bonne vue aux deux yeux, lorsqu'il reçut, il y a de cela six mois, un violent coup de pelle sur le côté temporal de l'orbite gauche. Il perdit connaissance et entra à l'hôpital de Londres, en offrant des troubles du côté de l'intelligence. On lui appliqua des vésicatoires et on lui fit prendre des pilules. Le malade éprouvait de violentes douleurs dans la tête et dans l'œil ; ce dernier organe était particulièrement très-douloureux et devint plus tard très-sensible à la lumière. Cependant notre marin ne tarda pas à sortir de l'hôpital dans un état assez satisfaisant , conservant néanmoins des douleurs de tête qui revenaient de temps à autre , et qui durèrent encore plusieurs semaines; à part le trouble de la vue qui persistait à l'œil gauche, il se considérait comme parfaitement guéri. Deux mois après, Michel Giles retourna à la mer; il y resta deux mois, et fit plus tard un troisième voyage de six semaines. C'est après ce dernier voyage qu'il vint à l'hôpital pour le motif que j'ai déjà fait connaître. Dans aucun de ces voyages, le malade ne remarqua que sa vue fût devenue plus mauvaise ; il n'avait pas non plus ressenti de douleur. Quelquefois seulement, vers le soir surtout, il voyait, pendant quelques minutes, passer devant l'œil des étincelles ou un nuage.

J'instillai de l'atropine dans les deux yeux. L'œil droit n'offrait rien de particulier, si ce n'est une légère congestion de la papille. L'œil gauche était le siége d'une large excavation, dans laquelle on voyait plonger deux veines et une artère; en y regardant attentivement, on apercevait le phénomène de la pulsation artérielle. Les vaisseaux qui sortaient de l'excavation se recourbaient sur ses bords et formaient un coude. Une légère pression sur le globe oculaire arrêtait la circulation veineuse. En deux endroits différents, au fond de l'œil, on remarquait deux lésions, qui éveillaient l'idée de *déchirures* ou de *ruptures do la choroïde*, permettant de voir la sclérotique sous-jacente. L'une d'elles, placée au-dessous de la papille et dans son voisinage, représentait un arc répondant environ au quart d'une circonférence décrite autour de la papille comme centre; la seconde , à courbure parallèle à la première , mais plus éloignée de la papille et moins étendue, se trouvait au voisinage de la tache jaune.

La pulsation artérielle étant manifeste et tous les vaisseaux se trouvant, en quelque sorte , pressés contre les parois de l'excavation , j'admis le malade, avec l'intention de pratiquer l'iridectomie. Il fut mis au régime de l'hôpital (portion entière), put jouir d'un repos complet et n'eut, pour tout médicament, que l'atropine employée en instillations, dans le but de faciliter l'examen ophthalmoscopique. Avant le jour fixé pour l'opération, on observa que la pulsation artérielle n'apparaissait que si on exerçait une pression sur le globe oculaire; en même temps , la vue s'était améliorée à ce même œil gauche. Ce que voyant, et considérant le peu d'espoir qu'il y avait de guérir cette affection, je ne fis pas l'opération; le malade était, d'ailleurs, satisfait de son état, et il quitta l'hôpital pour retourner à la mer, ne tenant aucun compte du conseil que je lui donnais de choisir un autre métier. Michel Giles ne convint jamais que, dans sa vie de marin, il eût été astreint à des travaux rudes et pénibles, ou qu'il eût eu à souffrir de privations. »

OBSERVATION IV.

(P. Frank, *Ophthalmic hospital Reports*, 1860, III, p. 84.)

. . . .

« Le second cas présente un intérêt particulier: la rupture de la choroïde a pour origine l'action indirecte d'un traumatisme, et les modifications successives qui ont amené peu à peu la cécité ne sont survenues qu'à une époque éloignée de l'accident primitif.

Il s'agissait d'un simple soldat du 68ᵉ régiment, au service de l'Inde, réformé pour amaurose de l'œil droit. Il avait reçu, onze ans auparavant, sur la région sus-orbitaire droite, un morceau de brique, d'où était résultée une plaie contuse qui avait guéri promptement, sans qu'il survînt ni douleur ni trouble dans l'œil correspondant. Mais le muscle droit externe subit une rétraction graduelle, qui finit par déterminer un strabisme divergent prononcé. Le développement de ce strabisme ne s'accompagna pas de diplopie. Il semble d'après cela, malgré le dire du malade, qu'il a dû y avoir quelque lésion intra-oculaire résultant du traumatisme reçu, lésion qui aurait porté l'œil droit à se dévier pour ne pas troubler les fonctions de l'œil gauche. C'est là un fait bien connu, car souvent on a observé qu'une amblyopie monoculaire, surtout quand elle a son siége dans une portion excentrique du champ visuel, passe inaperçue jusqu'à ce que quelque circonstance accidentelle en révèle la présence. Aussi les assertions du malade, qui prétend qu'il n'a eu à souffrir antérieurement d'aucun trouble de la vue, n'ont qu'une valeur secondaire en face des raisons valables qui nous font admettre l'existence d'une amblyopie de l'œil droit.

Trois ans après la blessure, le muscle droit externe fut divisé pour corriger la déviation oculaire. L'opération réussit jusqu'à un certain point; elle ne fut pas suivie de diplopie.

Bien que cette déviation de l'œil ait été consécutive au traumatisme, il paraît certain que, quand le malade fut enrôlé en avril 1848[1], la vision centrale était assez bonne, car, l'œil gauche étant fermé, il lisait les caractères moyens de son certificat et apercevait la cible à 900 yards. Je n'ai pas besoin de dire qu'une partie du champ visuel a toujours été insensible à la perception quantitative et qualitative de la lumière. Jusqu'en décembre 1853, le malade n'a jamais éprouvé de sensations anormales dans l'œil en question. A cette époque, se trouvant près des tropiques pour aller aux Indes, il ressentit dans l'œil droit des douleurs lancinantes, quo

---

[1] Le texte porte *1858*, ce qui nous a paru être le résultat d'une erreur typographique.

l'exercice augmentait. Un mois après, ayant fermé accidentellement l'œil gauche à cause de la gêne que lui occasionnait uu corps étranger qui s'était logé dans le cul-de-sac conjonctival, notre soldat s'aperçut alors que la cécité était presque complète à l'œil droit.

A son entrée à l'hôpital du fort Pitt, voici quel était l'état de ses yeux :

L'œil droit est presque aveugle; il ne lui reste plus que la perception quantitative de la lumière solaire. L'organe est dévié en haut et en dehors, dans une position correspondant à la contraction du petit oblique et à l'insuffisance du droit externe ; on se rappelle que ce dernier muscle avait été coupé, quelques années auparavant, pour corriger le strabisme, fait facile à constater quand on examine les fonctions des muscles. La pupille a les mêmes dimensions que celle de l'œil gauche; mais, quand on vient à fermer celui-ci, elle présente une dilatation moyenne; elle obéit promptement à l'action de l'atropine. L'œil dévié n'est pas dur; il paraît, au contraire, un peu plus mou que son congénère.

A l'ophthalmoscope (*image renversée*, l'examen à l'image droite n'a été employé que pour mieux distinguer les plus petits détails) la papille paraît ovale, plus blanche et plus aplatie qu'à l'ordinaire ; elle présente, çà et là, de très-fines injections capillaires; on n'aperçoit point la limite sclérotidienne. Un large croissant de pigment, d'un noir de jais, entoure la moitié inférieure et externe de la papille, dont le reste des contours est un peu diffus. Les artères sont petites et paraissent rétractées et vides ; les veines ont un calibre moyen; la branche dirigée en bas et en dehors a un trajet un peu tortueux. Un léger voile blanc recouvre ces vaisseaux, surtout dans la partie supérieure du champ, vers la région polaire postérieure. Quelques petites stries blanchâtres partent de la partie supérieure et externe de la papille et viennent aboutir à une tache grise, cordiforme, qui résulte d'une altération de la rétine (exsudation ou dégénérescence graisseuse). Le *macula lutea*, arrondi par une infiltration diffuse, apparaît comme un disque rond et gris, qu'encadre une aréole nettement délimitée et due à l'injection de capillaires excessivement ténus ; cette aréole, plus large dans la partie inférieure que dans la moitié supérieure, a été évidemment le siége d'un processus exsudatif, s'accompagnant de changements notables dans le parenchyme de la rétine. Dans cette région du fond de l'œil, les éléments de la choroïde ne peuvent pas être distingués à travers la rétine.

On aperçoit deux bandes blanches, formant entre elles un angle d'environ 80°, et partant l'une de l'extrémité inférieure et externe, l'autre de l'extrémité inférieure et interne de la papille ; elles sont situées dans le plan de la choroïde, derrière la rétine, dont les vaisseaux les croisent. La lumière brillante, argentée, qu'elles réfléchissent, ne permet pas de douter de l'absence des éléments de la choroïde le long de leur trajet.

La bande inférieure et externe se trouve au-dessous du croissant de pigment qui limite le disque optique de ce côté, et mesure à son origine une largeur égale à environ la moitié du grand diamètre de la papille. Grise dans la première partie de son trajet, elle offre ensuite une coloration blanche entremêlée de taches de pigment d'un rouge brun foncé; le long du bord inférieur court un liséré de pigment presque noir; plus bas vient une zone pâle, légèrement rougeâtre, séparant la bande en question de la portion inférieure de la choroïde, dont on aperçoit, à travers la rétine un peu trouble, la couche épithéliale dans un état d'intégrité parfaite.

En descendant encore davantage, et un peu en dehors, cette bande change de caractère : elle devient graduellement plus étroite, perd son aspect rougeâtre, et, après avoir décrit une courbe légèrement anguleuse, se dirige directement en dehors, sous forme d'une raie *très-nettement délimitée*, qui n'a plus qu'environ un tiers de sa largeur primitive, et qui brille de l'éclat argentin propre à la sclérotique. Plus loin, cette raie redevient plus large et un peu rougeâtre, et, après avoir éprouvé une dilatation fusiforme, se rétrécit de nouveau, en continuant à se diriger vers l'*ora serrata*; on la suit dans cette direction aussi loin que le regard peut atteindre, et on la voit de nouveau bordée inférieurement par un liséré de pigment, et entourée d'altérations disséminées de la choroïde, consistant en amas de pigment groupés d'une manière anormale, en exsudats punctiformes et en plaques d'atrophie choroïdienne.

Les vaisseaux de la rétine traversent cette bande dans des points divers; sur la dernière dilatation fusiforme, on voit l'un d'eux se diriger parallèlement au bord de la bande, la traverser ensuite au-dessous de sa partie moyenne, ne laissant aucun doute sur l'intégrité de la rétine au niveau de la rupture de la choroïde.

De la limite inférieure et interne de la papille part une cicatrice de la choroïde (comme je crois pouvoir maintenant appeler les bandes en question), de même caractère que celle qui vient d'être décrite. Cette deuxième cicatrice se dirige en bas et en dedans; moins large au début que la précédente, et plus nettement délimitée depuis son origine, elle est aussi munie, le long de son bord inférieur et externe, d'un liséré de pigment, qui est séparé de la choroïde normale par une zone pâle ou tant soit peu rougeâtre, ayant en largeur environ deux fois le diamètre de la papille. La bande dont il s'agit conserve, dans tout son trajet, des bords aussi nets que possible, et offre un reflet d'une blancheur éclatante; vers la région périphérique elle est entourée d'un véritable semis d'altérations de la choroïde. En haut, on retrouve l'aspect particulier que présente la macération du pigment intervasculaire; les espaces intervasculaires sont d'un jaune vif; les vaisseaux eux-mêmes sont distinctement visibles. La couche épithéliale manque, et le contenu des cellules est groupé sous forme de plaques et de lignes. Çà et là quelques taches, semblables à des grains d'un jaune d'or, sont répandues dans cette région ; elles proviennent d'exsudats ou d'altérations des cellules épithéliales. Deux artères et une veine traversent cette bande brillante, vers son origine, sans présenter la moindre interruption, prouvant que, dans ce cas aussi, la rétine n'a pas subi de solution de continuité » . . . . .

. . . .

(L'auteur ne met pas en doute qu'il ne s'agisse ici de cicatrices de la choroïde, consécutives à des ruptures de cette membrane, d'origine traumatique ; mais il ne se prononce pas sur la question de savoir si la violence extérieure a agi directement sur le globe oculaire, ou si elle lui a seulement été transmise après s'être exercée sur la région sus-orbitaire.)

« Pendant le séjour du malade à l'hôpital, la pression sur les différentes parties de l'œil ne provoqua jamais de douleur, et le tableau ophthalmoscopique resta le même jusque dans ses moindres détails ; mais le malade se plaignit de névralgies offrant des exacerbations qui revenaient périodiquement toutes les nuits ; ni la quinine ni les déplétions sanguines locales ne parurent en diminuer l'intensité, ni en prévenir le retour. Les examens ophthalmoscopiques prolongés n'entraient pour rien dans la production de ces attaques névralgiques.

Il semblerait, en outre, que l'œil gauche ait été influencé par son congénère plus gravement affecté. De cet œil gauche, le malade lit le n° 1 (éch. Jæg.) avec des verres convexes, 6, *from 3 1/2 — 6 Engl. inches ; is therefore slighthy presbyopic. Without glasses from 5 1/2 to 9 only, and is therefore in addition slightly amblyopic*[1].

Le champ visuel présente un rétrécissement concentrique considérable.

A l'ophthalmoscope, le disque optique est blanc, mais la zone qui le sépare de la choroïde est le siége d'une fine injection capillaire. Les veines sont dilatées ; la rétine paraît un peu épaissie vers le pôle postérieur. Dans les régions périphériques, l'épithélium choroïdien est normal et parfaitement visible à travers la rétine, qui est restée transparente.

Dans ces circonstances, je pense que le meilleur parti à prendre eût été d'extirper l'œil droit ; mais le malade, déjà déclaré impropre au service, ne voulut pas se soumettre à cette opération. »

OBSERVATION V.

(Sæxisch ; *in* Hillenkamp, *De rupturis choroideæ*, 1865, p. 12.)

« La femme Klouth, de Kessenich, âgée de trente-trois ans, entra à la clinique le 21 avril 1864. Une blessure datant de six jours avait entraîné chez elle une

---

[1] Ces passages étant restés pour nous parfaitement inintelligibles, nous les avons reproduits tels quels ; il doit évidemment y avoir quelque erreur typographique.

diminution notable dans l'acuité visuelle de l'œil gauche; cet organe avait été atteint par un morceau de bois, pendant que la femme Klouth était occupée à fendre du bois. Aussitôt s'était développée une énorme tuméfaction des paupières, qui pendant plusieurs jours maintint l'œil fermé, et que la blessée entreprit de traiter par des fomentations froides. Cependant le cinquième jour, alors que l'œil droit se trouvait être également le siége d'une certaine irritation, la femme put enfin ouvrir l'œil gauche, dont les fonctions se trouvèrent considérablement altérées, au point de ne permettre que de reconnaître les objets volumineux.

Voici ce que l'examen de l'œil, fait à la clinique le sixième jour, permit de constater. Les parties extérieures de l'œil n'offrent aucune lésion; le globe oculaire a conservé sa mobilité. La cornée, la chambre antérieure, l'iris ne présentent rien d'anormal; seule, la pupille est complétement immobile et médiocrement dilatée; sa forme reste constamment la même, et résiste à tous les excitants. L'ophthalmoscope permet de constater la transparence des milieux réfringents de l'œil. Au niveau de l'entrée du nerf optique, on ne trouve rien d'anormal. Mais, dans le voisinage de la tache jaune, on aperçoit une raie brune placée verticalement, et dont l'extrémité éprouve une inflexion assez notable; sa longueur représente environ trois fois le diamètre de la papille; sa largeur en égale le tiers. Les quatre cinquièmes de cette bandelette se trouvent au-dessous du méridien horizontal; le cinquième supérieur seulement est placé au-dessus de ce plan. La couleur n'en est pas uniforme; elle présente des parties plus blanches et d'autres parties plus rouges. En dehors de cette première bande, à une distance égale à celle qui sépare la papille d'avec le *macula lutea*, on voit une seconde raie un peu moins large que la première et offrant une légère concavité tournée vers la papille; son extrémité supérieure arrive au niveau du méridien horizontal; elle possède comme la précédente, une coloration rouge entremêlée de blanc. Enfin, plus en dehors encore, à une distance égale au diamètre de la papille, on découvre un troisième sillon un peu plus étroit; sa longueur ne représente que la moitié de celle de la deuxième bandelette; sa courbure est faible et sa concavité regarde la papille. Au devant de ces bandes, on peut suivre trois vaisseaux de la rétine parfaitement normaux, n'offrant d'altération ni dans leur direction, ni dans leur couleur, ni dans leurs contours. En dehors des lésions que nous venons de décrire, l'ophthalmoscope ne révèle rien d'anormal dans les différentes membranes de l'œil.

Voici maintenant ce que donne l'examen des fonctions. L'acuité de la vue centrale est de 1/20. La vue excentrique est troublée; il existe un scotome du champ visuel, siégeant un peu en dehors du point de fixation, et affectant la forme d'une ligne verticale assez incurvée à son extrémité. A une distance d'un pied, cette lacune du champ visuel a une largeur *maxima* d'un demi-pouce et une longueur de cinq pouces ; sur un fond d'un blanc uniforme , le scotome se traduit par une bande assez sombre. Dans toutes les autres parties du champ visuel, la vision excentrique est conservée »

L'auteur, après avoir discuté le diagnostic différentiel , conclut à des *ruptures isolées de la choroïde* .

« La thérapeutique ne pouvait intervenir que pour favoriser la résorption de l'épanchement sanguin, car on ne pouvait songer à guérir la rupture de la choroïde. C'est dans ce but que trois fois, en l'espace de huit jours, fut appliquée la sangsue artificielle de Heurteloup, qui, l'expérience l'a démontré, hâte la résorption des hémorrhagies intra-oculaires. La malade était, du reste, soumise à une observation assidue. Voici ce qu'on observa la semaine suivante : les parties rouges des solutions de continuité de la choroïde étaient peu à peu devenues plus obscures et plus étroites ; l'étendue des parties claires s'était , au contraire, accrue. Ce changement avait, sans doute, sa source dans la résorption du sang qui remplissait les fissures, résorption qui permettait de mieux voir la face interne de la sclérotique dans les régions que la choroïde ne recouvrait plus.

Pendant les trois semaines suivantes, l'acuité de la vue augmenta successivement et arriva à égaler $\frac{1}{5}$; le scotome presque central , qui produisait auparavant un certain trouble, était moins gênant. Le 20 mai , la rupture de la choroïde présentait partout une coloration d'un rouge pâle ; il existait cependant sur les bords des places obscures, qui, dans le cours des visites suivantes (marchés , *proximarum nundinarum cursu*), se transformèrent en taches presque noires. En même temps , le trouble fonctionnel allait en diminuant d'intensité. Le 1ᵉʳ juin, la malade peut lire le nᵒ 4 (éch. Jæg.), et elle voit le scotome sous forme d'un léger nuage qui voile les parties voisines du point fixé.

Vers la fin de juillet, elle arrivait à lire le nᵒ 1 , et il lui fallait y appliquer toute son attention pour qu'elle s'aperçût de l'existence de son scotome. A cette même époque , les taches, qui jusque-là avaient été sombres, paraissaient presque noires et formaient aux ruptures choroïdiennes une bordure interrompue par places. Il était surtout facile de voir les vaisseaux de la rétine, qui, comme je l'ai dit précédemment , traversaient les ruptures de la choroïde, sans présenter ni interruption , ni lésion d'aucune sorte.

L'observation de la malade fut continuée en été et en automne. Enfin , au mois

                                                                                6

d'octobre, le scotome avait complétement disparu ; les ruptures de la choroïde représentaient trois bandelettes blanches, qui, à l'exception de la plus petite d'entre elles, étaient bordées çà et là de pigment noir. Il n'existait plus aucun trouble des fonctions visuelles. »

OBSERVATION VI.

(SÆMISCH, *Klinische Monatsblätter f. Augenheilkunde*, 1866, p. 111 [1].)

Jacques Rœhrig, de Lengsdorf, âgé de treize ans, entra à la clinique le 27 du mois d'avril 1865 ; il venait réclamer des soins pour une blessure de l'œil droit datant de quatre jours.

Cet enfant était occupé à fendre du bois, lorsqu'un fragment s'étant détaché vint frapper l'œil actuellement malade. Une tuméfaction considérable des paupières se développa aussitôt, accompagnée de douleurs violentes, qui duraient encore le jour suivant ; en même temps, la vue s'était presque complétement abolie, de sorte que le malade ne pouvait même plus distinguer des objets volumineux.

Nous trouvâmes les paupières encore en partie tuméfiées, du larmoiement, une légère injection sous-conjonctivale. La consistance du globe oculaire n'était pas diminuée ; cornée intacte ; pas de blessures des autres enveloppes de l'œil ; chambre antérieure plus qu'à moitié remplie de sang ; la pupille, à peine visible, paraissait *contractée* et complétement immobile (M. Sæmisch dit, au contraire , que la pupille avait une largeur moyenne). L'épanchement sanguin dans la chambre antérieure empêche d'explorer le cristallin et s'oppose à l'examen ophthalmoscopique du fond de l'œil. La vision en était réduite à la perception quantitative de la lumière, et le champ visuel était notablement rétréci dans sa moitié interne   . .

. . . . , ...

Nous avions affaire ici à une hémorrhagie abondante dans l'intérieur de l'œil, peut-être aussi à un décollement de la rétine, sans compter la possibilité d'une lésion du cristallin. On appliqua sur l'œil pendant huit jours le bandage compressif et on pratiqua à plusieurs reprises des émissions sanguines locales, à l'aide de la sangsue artificielle de Heurteloup. Sous l'influence de ce traitement, la résorption du sang épanché marcha avec rapidité: au bout de sept jours, l'hyphéma avait complétement disparu, et il fut possible, à l'aide de l'éclairage latéral, de s'assurer que le cristallin n'avait éprouvé aucune lésion ; mais on constata, d'autre part, dans le

[1] Cette observation se trouve déjà publiée dans la thèse du docteur Hillenkamp : *De rupturis choroïdex*, 1865, p. 18 ; mais elle s'arrête dans ce travail à la date du mois de juillet 1865. Il existe entre les deux versions quelques variantes de détail; nous avons autant que possible complété et contrôlé l'une par l'autre.

corps vitré, l'existence d'un trouble de nature hémorrhagique. En même temps, la vue s'était améliorée, et le champ visuel ne présentait plus de lacune.

Le 20 mai, les troubles de l'humeur vitrée sont en grande partie dissipés et permettent d'entrevoir la papille. On voit aussi les opacités éprouver de grands déplacements pendant les mouvements de l'œil, ce qui indique que le corps vitré a été largement dilacéré.

Le 26, l'humeur vitrée s'est si bien éclaircie qu'on distingue assez nettement la papille; dans son voisinage et tout près de la tache jaune, se montrent des lésions de la choroïde, dont l'origine doit être rapportée au traumatisme.

A la partie externe de la papille, on aperçoit une ligne étroite d'un rouge clair. Cette ligne est distante de la papille d'un peu plus de la moitié du diamètre de celle-ci ; sa longueur égale deux fois la largeur de la papille ; sa direction est presque verticale, et elle présente une légère courbure, dont la concavité regarde le disque optique; son extrémité supérieure se divise en trois rameaux un peu plus étroits ; entre ces divisions terminales et la papille on trouve un large foyer apoplectique ; au devant des mêmes rameaux passent deux vaisseaux de la rétine, qui ne présentent aucune modification. Immédiatement au côté externe de la tache jaune on observe également une raie placée presque verticalement, et qui mesure en longueur deux fois le diamètre de la papille ; un tiers de l'étendue de cette ligne est situé au-dessous de la tache jaune; les deux autres tiers s'élèvent au-dessus.

La couleur de cette seconde raie est aussi d'un rouge clair; un petit rameau veineux, ne présentant aucune irrégularité, en traverse la partie supérieure. Nulle part on ne trouve la rétine décollée ni déchirée. A l'aide de l'ophthalmoscope binoculaire on pouvait reconnaître que ces bandelettes pâles siégeaient sur un plan postérieur à celui des vaisseaux rétiniens, et on y distinguait, dans la partie médiane, une sorte d'excavation limitée des deux côtés par des bords taillés à pic. En même temps, la vue avait éprouvé une nouvelle amélioration, à mesure que les troubles du corps vitré s'étaient dissipés; le malade pouvait déjà compter les doigts à la distance de quelques pieds ; la vision excentrique était bonne et le champ visuel présentait son étendue normale.

La conclusion à tirer de cet examen ophthalmoscopique ne pouvait être douteuse : il s'agissait ici d'une rupture de la choroïde survenue en deux endroits, à la suite d'une contusion de l'œil, et sans lésion du côté de la rétine. Quant à l'hémorrhagie qui s'était fait jour dans la chambre antérieure et le corps vitré, elle devait avoir sa source dans le segment antérieur du globe oculaire, près du corps ciliaire.

Au milieu du mois de juin, la mydriase consécutive au traumatisme avait presque complétement disparu; le corps vitré était redevenu transparent; çà et là seulement nageaient encore quelques flocons membraneux; le sang s'était résorbé au voisinage des ruptures. Au milieu des bandes de couleur blanche, on distinguait des points foncés qui devenaient plus noirs à mesure qu'on se rapprochait des bords. L'acuité de la vue s'était notablement accrue; le malade pouvait compter les doigts d'une extrémité à l'autre de la salle et lisait sans peine le n° 2 (éch. Jæg.).

Mais quelques semaines plus tard, la vue centrale éprouva une petite diminution, que nous attribuâmes au travail de cicatrisation de la choroïde, travail qui devait entraîner des désordres, des déplacements dans la couche de la rétine la plus importante sous le rapport fonctionnel.

Dès la fin du mois de juin, le malade pouvait à peine lire le n° 8 (éch. Jæg.); quant à la vision excentrique, elle n'avait pas changé. L'aspect ophthalmoscopique du fond de l'œil était resté le même; seulement les petites taches (résidus hémorrhagiques) qui bordaient les cicatrices avaient foncé en couleur. La rétine était intacte comme précédemment[1].   . . . .

. . . .

« Nous considérions ce cas comme à peu près terminé, et nous espérions qu'après la cicatrisation complète de la déchirure de la choroïde on verrait disparaître l'influence fâcheuse que ce processus exerçait sur la portion de rétine correspondante .   .   .

. . . .

« Le malade resta donc en observation. Nous voulions savoir, d'une façon certaine, si la vision centrale, qui avait diminué, reviendrait à l'état normal, ou bien si les troubles secondaires des fonctions de la rétine que nous constations resteraient stationnaires ou s'aggraveraient encore.

« Jusqu'au commencement de septembre, aucun changement ne se manifesta ni dans l'état objectif ni dans les troubles fonctionnels. A cette époque seulement, la vision centrale commença à s'affaiblir encore davantage, et à la fin du mois on trouve : $V = \dfrac{1}{40}$.

« L'examen ophthalmoscopique, pratiqué toujours à l'aide de l'ophthalmoscope binoculaire, et souvent après dilatation au préalable de la pupille, ne révèle aucune lésion de la rétine au voisinage de la tache jaune. C'est seulement au milieu du mois d'octobre que, l'acuité de la vue étant tombée à $\dfrac{1}{200}$, nous remarquons que la rétine forme, au devant de la moitié inférieure de la déchirure, une saillie légèrement

[1] Ici s'arrête la relation publiée par M. Hillenkamp; ce qui suit est exclusivement tiré du travail de M. Sæmisch (*loc. cit.*, p. 113).

bleuâtre, à travers laquelle on voit néanmoins la déchirure avec sa coloration blanche, mais un peu mate. Ainsi, dans ce cas, il s'était développé peu à peu un décollement partiel de la rétine, qui, intéressant la plus grande partie de la tache jaune, devait diminuer considérablement l'acuité de la vue centrale. Ce décollement augmenta encore un peu en étendue par la suite, et au mois de novembre, sa surface était égale à celle de la papille. Depuis cette époque, le décollement rétinien se présente sous la forme d'une proéminence bleuâtre, de forme ovale et à bords assez abrupts; son grand diamètre est légèrement oblique par rapport à la direction verticale de la cicatrice choroïdienne; dans la moitié supérieure de la déchirure, la rétine est tout à fait unie.

« La portion décollée est, comme nous l'avons dit, de couleur bleuâtre, plus claire dans la partie centrale, là où la rétine est le plus soulevée. La proéminence de cette membrane augmente à mesure qu'on se dirige vers la partie inférieure; on peut suivre facilement un petit rameau veineux qui siége dans la partie décollée et s'élève avec elle. La cicatrice blanchâtre de la choroïde ne reluit que très-indistinctement à travers cette portion décollée de la rétine, tandis que la moitié supérieure de la rupture, ainsi qu'une petite portion de son extrémité inférieure, restent complétement à découvert. Quant au *macula lutea*, dont le bord externe touche à la cicatrice de la choroïde, il n'en reste qu'une zone étroite, située au côté interne, qui ne soit pas décollée.

« Ajoutons encore, pour être complet, que la rétine qui recouvre la cicatrice choroïdienne placée dans le voisinage immédiat de la papille est parfaitement unie, et qu'il reste dans le corps vitré quelques opacités filiformes, résidus d'hémorrhagie. La vision excentrique est normale; l'acuité de la vue centrale est de $\frac{1}{60}$; on ne constate ni scotome central ni métamorphopsie. »

OBSERVATION VII.

(Hirschler, *Wiener medizinische Wochenschrift*, 1865, n°s 91 et 92.)

.   .   .   .

.   . « Le 21 mars 1864 se présente à moi un homme de quarante ans. Il se plaint de souffrir depuis peu à l'œil droit d'un affaiblissement notable de la vue. Il attribue son affection à un traumatisme, dont il aurait été la victime environ trois semaines auparavant; il raconte qu'immédiatement après l'accident, une tuméfaction considérable des paupières s'était développée, et qu'il avait été dans l'impossibilité de les écarter l'une de l'autre. Quand il put de nouveau ouvrir l'œil, il constata ce trouble de la vue, qui depuis lors n'a nullement changé. Interrogé sur le mode d'action de la cause traumatique, le blessé donne à entendre assez vaguement que l'accident s'est produit dans un duel au sabre.

« Au rebord inférieur de l'orbite vers la partie externe, on sent à travers les parties molles, sur une longueur de trois lignes, une tuméfaction un peu inégale; une pression du doigt, même modérée, occasionne une douleur assez vive. A part ce gonflement circonscrit du périoste, ni le globe oculaire, ni ses annexes ne présentent aucune trace de traumatisme.

« Je ne cachai pas au malade mon étonnement à la vue d'une lésion qui était par trop insignifiante pour être le résultat d'un coup de sabre, et qui n'était accompagnée d'aucune cicatrice de la peau. Je procédai ensuite à l'exploration détaillée des différentes parties de l'œil et de ses fonctions. Les membranes extérieures du bulbe sont intactes; la chambre antérieure est normale. La pupille est d'une demi-ligne environ plus grande qu'à gauche; elle se contracte à peine sous l'influence de la lumière; les mouvements sympathiques et ceux qui accompagnent l'accommodation sont aussi très-limités; la contraction est cependant encore appréciable.

« On ne découvre aucun trouble des milieux transparents. Le malade fixe généralement les objets avec les deux yeux; mais quand ces objets sont trop rapprochés, l'œil droit se dévie en dehors. Si l'on tient, par exemple, un instrument sur la ligne médiane à plus d'un pied de distance, les axes des deux yeux se dirigent vers cet objet; le rapproche-t-on peu à peu, on constate une déviation progressive de l'œil droit en dehors, déviation qui, à la distance de sept pouces environ, devient un strabisme divergent accentué. Si alors on ferme l'œil gauche, l'œil droit se dirige de nouveau sur l'objet, sans qu'on observe de déviation secondaire de l'œil sain.

« L'œil malade voit tous les objets comme plongés dans un nuage épais, mais dont l'épaisseur, suivant l'expression du blessé, n'est pas uniforme. Si, fermant l'œil sain, le malade dirige l'œil droit sur mon visage, il distingue nettement la moitié droite de ma tête, et principalement la portion inférieure de cette moitié; il ne voit presque pas la moitié gauche et supérieure. Le point de fixation est également plongé dans un nuage épais; le malade compte les doigts à une distance de 15 à 18 pouces; il lit difficilement à la distance de 6 à 8 pouces le n° 12 (échelle de Jæger), et on remarque qu'il ne lit pas le mot entier en une fois, mais qu'il est obligé de l'épeler, acte pendant lequel l'axe de l'œil se dirige un peu en dedans.

« Si on explore le champ visuel, en recommandant au malade de fixer un doigt placé sur la ligne médiane à un pied de distance, tandis qu'on promène un deuxième doigt tout autour du premier, on constate que vers la gauche et en haut, la présence du deuxième doigt n'est que difficilement accusée, et que dans certaines positions, ce doigt disparaît complétement; il y a là une véritable lacune du champ visuel.

Celte lacune se continue vers la partie inférieure en formant une zone étroite. Nous avons dit déjà que le doigt fixé n'est lui-même vu qu'à travers un nuage. Quand le doigt mobile se trouve dans la moitié droite et inférieure du champ visuel, il est vu et même beaucoup plus nettement que ne l'est le doigt fixé.

« L'examen à l'ophthalmoscope, fait sans dilatation préalable de la pupille, permet de reconnaître dans les deux yeux une excavation physiologique très-prononcée de la pupille ; mais ce n'est qu'après avoir produit artificiellement une mydriase modérée qu'on peut explorer soigneusement les régions équatoriales et périphériques. On aperçoit alors à la partie supérieure et interne (image renversée), à une distance de la papille égale à deux fois le diamètre de celle-ci, une bande d'un jaune pâle, dont la largeur mesure à peu près le quart du diamètre du disque optique. Cette bande est légèrement arquée, se dirige en bas, et, à part quelques légères variations dans sa largeur, se rétrécit d'autant qu'elle descend davantage. Peu à peu elle devient linéaire et finit par se terminer en pointe effilée à la périphérie du fond de l'œil qui a conservé sa coloration normale. A son origine, dans sa portion large, la bande a des bords visiblement sinueux, ... le long desquels du pigment foncé est groupé sous forme d'un liséré, nettement délimité en certains endroits, assez irrégulièrement disposé dans d'autres. Les vaisseaux de la rétine traversent sans interruption la bande dont il s'agit. Tous ces détails se distinguent facilement, quand le malade tourne son œil un peu vers la pointe du nez, et qu'on imprime à la lentille objective de l'ophthalmoscope des déplacements successifs. Le malade regarde-t-il directement en bas, et en même temps un peu *ausgiebiger*, on voit apparaître une deuxième bandelette d'un blanc jaunâtre, séparée de la première par une distance égale à deux fois le diamètre de la papille. Elle commence à deux largeurs de papille au-dessous de l'extrémité supérieure de la première. Très-étroite dès son origine, et se présentant sous la forme d'une ligne qui se termine en pointe, elle court d'abord parallèlement à la première, et s'en rapproche ensuite. Les vaisseaux de la rétine traversent aussi cette bandelette sans présenter d'interruption dans leur trajet. A l'image droite, tous ces détails s'observent avec plus de netteté ; dans l'espace qui sépare les deux bandes et dans celui qui sépare la papille de la première, on voit des ecchymoses plus ou moins étendues, presque toutes confluentes, d'un rouge brun foncé et ayant leur siège dans la choroïde. La rétine ne présente pas de ces foyers hémorrhagiques et paraît avoir conservé partout son état normal. » . . . .

L'auteur, abordant ensuite le diagnostic différentiel, conclut à l'existence de ruptures de la choroïde.

48

« J'ai revu le malade cette année (1865), et j'ai retrouvé à l'ophthalmoscope exactement les mêmes symptômes . . . .

. . . .

« L'acuité visuelle a encore beaucoup diminué depuis le premier examen, au point que le malade épèle avec difficulté même les lettres du n° 16 (éch. Jæg.). L'exploration minutieuse du champ visuel, faite à l'aide de la craie promenée sur un tableau noir ou avec deux bougies, donne un résultat analogue à celui de l'année dernière. Les milieux sont parfaitement transparents. La pupille ne se contracte pas sous l'influence directe de la lumière, mais le rétrécissement sympathique est plus marqué que précédemment . . . .

. . . .

« J'ai appris par hasard que ce n'était pas un duel au sabre qui avait produit les lésions observées, mais un combat beaucoup moins noble : une lutte organisée contrairement aux règles de la boxe. Mon malade avait reçu de son antagoniste, plus vigoureux et exaspéré, un coup sur l'œil avec le poing fermé, coup qui l'étendit par terre et mit fin au combat. Ainsi s'expliquait la tuméfaction douloureuse du rebord inférieur de l'orbite, et il devenait dès lors plus facile de comprendre la production d'une rupture de la choroïde résultant d'une compression forte et de courte durée. »

. . . .

OBSERVATION VIII.

(Zehender, Handbuch der Augenheilkunde, par Seitz, continué par Zehender, 1865, p. 751.)

« Cette observation se rapporte à une femme âgée de trente-six ans. Un éclat de bois projeté contre l'œil gauche avait produit un trouble notable de la vue. La malade se présenta à la consultation huit jours après l'accident. L'examen fait à cette époque révèle une mydriase d'un degré moyen. Les milieux réfringents sont d'une transparence parfaite; mais dans le fond de l'œil se montrent des lésions, dont il faut placer le siége dans la choroïde, vu l'intégrité des vaisseaux rétiniens. Ces lésions consistent en trois lignes blanches représentant des arcs de cercle, dont la papille serait le centre. La plus considérable et la plus interne se trouve près du *macula lutea* et en dehors de lui. La couleur de ces lignes n'est pas tout à fait blanche; on y remarque quelques places rouges. On trouve aussi, dans les portions de la choroïde contiguës à ces bandelettes, des taches rouges représentant des foyers hémorrhagiques. Les vaisseaux de la rétine ont conservé leur intégrité. La vision excentrique est normale. La vision centrale n'est plus que d'un sixième. Il existe, en même temps, un scotome central, dont l'étendue et la forme rappellent la bandelette la plus interne. Au niveau de ce scotome, la malade ne reconnait qu'avec peine de grands caractères. Ce tableau ophthalmoscopique s'explique par une triple rupture de la choroïde, résultant de la contusion du globe oculaire, dont la coque est restée intacte.

« Les trois déchirures se cicatrisèrent ; il y eut résorption de l'épanchement sanguin, qui ne laissa qu'un liséré noir bordant les bandelettes. C'est à cette période du processus que fut pris le dessin qui accompagne cette observation.

« L'acuité visuelle augmenta peu à peu et finit par redevenir normale. Le scotome s'éclaircit aussi progressivement, si bien qu'au bout de dix semaines il n'en existait plus aucune trace. »

OBSERVATION IX.

(G. HAASE, *Klinische Monatsblätter für Augenheilkunde*, 1866, p. 255. — Observation recueillie à l'Institut ophthalmologique de Wiesbaden.)

« Le 14 janvier 1866, le nommé K..., tailleur de limes à W..., âgé de trente et un ans, fut frappé si violemment à l'œil gauche par un corps contondant, qu'il tomba sans connaissance et dut être ramené chez lui.

« En examinant le blessé, on constata une tuméfaction très-considérable des paupières, qui étaient le siége d'une infiltration sanguine, et un chémosis très-prononcé de la conjonctive.

« La paupière supérieure présente une plaie irrégulière à bords déchiquetés, mesurant 1 pouce de longueur. Le malade peut compter les doigts à 1 1/2 pied de distance. Au rebord inférieur de l'orbite, on constate une fracture du maxillaire supérieur avec crépitation. L'exploration des parties profondes est rendue impossible par le chémosis. On prescrit des instillations d'atropine et des applications de glace.

« Le 17, la tuméfaction a assez diminué pour qu'on permette au malade de rentrer chez lui, en lui recommandant toutefois de se présenter tous les jours à la consultation.

« Le 21 février, la tuméfaction est très-faible, et on peut procéder à l'examen de l'œil à la lumière artificielle. A l'éclairage focal, on aperçoit un trouble léger et diffus de la cornée ; les autres milieux réfringents ont conservé leur transparence ; l'iris est tremblotant. A l'ophthalmoscope, on constate une luxation du cristallin. Les contours de la papille sont légèrement diffus ; à une distance de ses bords qui mesure à peu près le tiers de son diamètre, on voit une raie blanche en forme de croissant à bords assez nets. Cette raie, amincie à ses deux extrémités, est disposée en cercle autour de la papille, et l'entoure sur une étendue égale environ au tiers de la circonférence du disque optique ; à l'image renversée, elle marche de bas en haut et de dedans en dehors.

« A sa partie moyenne, le croissant a une largeur qui équivaut à peu près à la dis-

T.   1 lance qui le sépare de la papille. De plus, on aperçoit deux grands extravasats sanguins, situés l'un à la partie inférieure de la déchirure, l'autre à sa partie supérieure et interne. Les bords de cette bandelette blanche sont aussi infiltrés de sang.

« Les vaisseaux rétiniens partis de la papille traversent cette déchirure sans présenter la moindre interruption ; les plus petits vaisseaux eux-mêmes sont intacts. En dedans et en haut de cette première rupture, on peut en apercevoir deux plus petites qui lui sont presque parallèles. En rapport avec la grande rupture, existe un rétrécissement du champ visuel de l'œil gauche, à sa partie supérieure et interne. Le malade lit le n° 20 (éch. Jæg.), à la condition toutefois de porter le livre fortement en dehors. Deux applications de la sangsue artificielle de Heurteloup n'amènent dans la vision qu'une amélioration insignifiante. Le malade peut lire le n° 18.

« Le 27 mars, on pouvait constater que les bords de la rupture avaient gagné en netteté ; il ne restait des extravasats sanguins que des amas de pigment foncé, résultant des transformations de la matière colorante du sang. Jusqu'à ce moment la vue ne s'était pas améliorée ; le champ visuel était toujours rétréci.

« Le 13 mai, le malade lit avec une certaine difficulté le n° 18. L'exploration du fond de l'œil et la détermination du champ visuel donnent toujours le même résultat. »

OBSERVATION X.

(FANO, *Traité pratique des maladies des yeux*, 1866, I, p. 49.)

Nous ne reproduisons pas cette observation ; chacun pourra la lire dans l'ouvrage français que nous citons.

OBSERVATIONS XI, XII, XIII, XIV.

(L. MAUTHNER, *Lehrbuch der Ophthalmoscopie*. Wien 1868, p. 446 et 447.)

« Voici la description des quatre cas de ruptures de la choroïde que nous avons observés :

« 1° Dans le premier, la déchirure était évidemment de date ancienne. Le malade ne se rappelait pas avoir reçu de blessure, mais le traumatisme remontait sans doute à l'époque où le malade était encore dans sa plus tendre enfance. En dehors du nerf optique, on voit une ligne brillante à direction verticale ; sa largeur maxima est égale au rayon de la papille ; elle va s'amincissant à ses deux extrémités supérieure et inférieure. Cette bandelette présente un liséré de pigment foncé. Sa longueur mesure quatre fois le diamètre de la papille ; sa couleur éclatante est celle de la sclérotique mise à nu.

« Dans le second et le troisième cas, la lésion était récente.

« 2° Il s'agit d'abord d'une femme qui, dix-sept jours avant son entrée à la clinique, reçut un coup de poing sur l'œil droit. Cette observation est intéressante à plus d'un titre. D'abord les milieux réfringents possédaient une transparence parfaite. Au fond de l'œil on ne découvrait qu'un petit nombre de foyers hémorrhagiques. Les ruptures de la choroïde présentaient une direction et une étendue dignes de remarque. Au-dessus de la papille apparaît une déchirure horizontale d'une longueur très-considérable ; elle commence en pointe à peu près au niveau du *macula lutea*, se dirige d'abord horizontalement, et sans se bifurquer, vers la partie interne, passe ensuite au-dessus de la papille à une distance égale à son rayon ; arrivée là, elle décrit une légère courbe, se dirigeant en dedans et en bas, et présente une bifurcation, dont les deux branches se rejoignent ensuite. Dans la région du fond de l'œil, placée au côté interne de la portion courbe de la première rupture, s'en trouvent trois plus petites. A la partie inférieure et externe de la papille existe une cinquième rupture, dont la concavité est tournée du côté du disque optique.

« Les régions qui sont le siège de ces déchirures ne présentent pas l'éclat blanc bleuâtre de la sclérotique ; leur coloration est, au contraire, légèrement jaunâtre et parfaitement uniforme. On ne trouve nulle part de reste de la couche épithéliale ; on rencontre seulement, çà et là, de petits extravasats sanguins. Les bords des déchirures sont nets ; le liséré noir qui les constitue n'est pas continu ; il n'existe que par places. La rétine est un peu trouble, mais sans solution de continuité. Les vaisseaux rétiniens, parfaitement intacts, traversent les ruptures. Si, à l'aide du miroir ophthalmoscopique, on fait tomber obliquement les rayons lumineux sur l'un de ces vaisseaux dans la portion de son trajet qui correspond à la rupture, on voit l'ombre du vaisseau se projeter sur le fond de la déchirure ; le vaisseau forme donc une sorte de pont qui réunit les deux bords de la rupture. L'acuité de la vue de l'œil malade est égale à $\frac{20}{40}$. On ne constate ni rétrécissement, ni lacune du champ visuel. Nous n'avons pu observer cette malade que pendant quelques jours.

« 3° Le troisième fait se rapporte à un homme dont l'œil gauche avait heurté violemment l'extrémité mousse du manche d'une pelle. Le coup avait porté sur le côté externe du globe oculaire. On procéda à l'examen trois semaines après l'accident. Les milieux réfringents sont d'une transparence parfaite. En bas et en dehors de l'entrée du nerf optique, à une distance répondant à peu près au diamètre de la papille, on trouve une ligne d'un jaune clair, d'une longueur égale à une fois et demie ce même diamètre, et représentant une portion de circonférence dont le disque optique serait le centre. Les bord offraient cette particularité intéressante, qu'on en voyait partir, dans une direction perpendiculaire à celle de la déchirure, un nombre considérable de stries d'une ténuité extrême, comparables aux rayons d'une auréole. Ces derniers détails n'étaient visibles qu'à l'image droite. Sur la fissure même on ne voyait aucun reste de choroïde, aucune trace de sang. Ce n'est qu'au-dessous du bord convexe de cette déchirure en forme de croissant qu'on trouve un extravasat sanguin. Les vaisseaux de la rétine passent intacts au devant de cette raie claire, qui est unique. L'acuité de la vue de l'œil blessé était de $\frac{20}{70}$ et s'éleva dans l'espace de quatre semaines à $\frac{20}{30}$, sans que le tableau ophthalmoscopique se fût modifié.

« 4° Dans le quatrième fait il s'agit d'un homme atteint d'un coup de pied de cheval dans la région orbitaire droite. L'examen, pratiqué trois mois après l'accident, révèle une déchirure horizontale et étendue de la choroïde, située au-dessous de la papille, et séparée d'elle par une distance égale à deux fois son diamètre. Au devant d'elle passent, sans offrir la moindre altération, des vaisseaux volumineux de la rétine. $V = \frac{20}{70}$. »

OBSERVATION XV.

(Jos. TALKO, *Klinische Monatsblätter für Augenheilkunde*, 1868, p. 269.)

« M. Scherkow, soldat du régiment de Derbent, âgé de vingt-six ans, de constitution bonne, était occupé, il y a un an, à fendre du bois, lorsqu'un éclat, qui mesurait à peu près deux *werschok*, vint l'atteindre à l'œil droit. Le corps, ainsi projeté, blessa la paupière supérieure près de l'angle interne et détermina une hémorrhagie. Le malade remarqua aussitôt une diminution notable de l'acuité visuelle ; tous les objets paraissaient avoir une couleur jaune. On institua un traitement antiphlogistique (sangsue etc.). La vue s'améliora peu à peu ; dans l'intervalle d'un mois et demi, la xanthopsie disparut ; mais pendant trois mois le malade vit des mouches volantes. Pendant les quatre mois suivants, rien ne fut modifié dans les fonctions de l'œil blessé. Le hasard m'amena à examiner cet œil, à une époque où il y avait beaucoup de soldats atteints de trachome dans le régiment de Derbent. Je remarquai une différence dans le diamètre de la pupille des deux yeux ; celle de l'œil droit est plus large (5 millimètres), et ne réagit que faiblement sous l'influence des divers agents d'irritation. A la paupière supérieure, on constate une cicatrice blanchâtre, peu apparente, à direction horizontale et d'une longueur de 2 lignes ; elle est située à 2 1/2 lignes au-dessus du point lacrymal. De plus, à l'éclairage oblique, on voit au bord inférieur et interne de la cornée une cicatrice linéaire, ainsi qu'un léger enfoncement de la région ciliaire avoisinante. On doit donc admettre que l'éclat de bois a blessé en même temps la paupière supérieure et la partie inférieure du globe oculaire (bord de la cornée et sclérotique).

« A l'œil gauche, la vue paraît excellente, et même au-dessus de la moyenne. L'œil droit ne peut qu'avec peine distinguer à une distance de 1 pied les lettres du n° 15 (éch. Snel.); le malade ne lit que les lettres placées à droite de l'œil, et, s'il veut lire une ligne entière, il est obligé de placer le livre à côté de son épaule droite. Pour les objets placés en face de lui, Scherkow n'en voit que la moitié ; si c'est un homme, il ne voit que le côté gauche de la tête, de l'épaule et de la poitrine, et si l'axe visuel reste dirigé horizontalement, il n'existe aucune perception du côté droit de la tête, de la poitrine et des extrémités inférieures; c'est évidemment là l'expression d'une lacune du champ visuel.

« A la distance exacte de 1 pied, voici ce que donne la projection du champ visuel :

« En dehors des limites d'une figure à contours sinueux (dans le texte, on trouve ici une figure), le malade ne peut distinguer l'objet qu'il regarde ; $V_e = \frac{1}{15}$ représente la vision excentrique. La vue centrale n'existe que dans un espace très-restreint, et seulement à un degré excessivement faible. Notre soldat distingue à peine une croix blanche sur un fond noir; il en est de même pour les objets placés à droite de la croix, dans un espace de 3 pouces. Mais à partir de là, la vue s'améliore notablement dans une étendue de 6 pouces; l'acuité visuelle augmente jusqu'à $\frac{1}{15}$. Au-dessous de la croix, il n'y a pas de vision centrale. Il faut noter, en outre, dans la moitié supérieure du champ visuel, un scotome insignifiant, qui affecte une forme inaccoutumée : celle d'une tache nébuleuse. De plus, les lignes horizontales et verticales paraissent présenter des ondulations, au nombre de trois pour chacune d'elles; la hauteur de chaque ondulation est toujours la même et peu considérable. Les grands caractères d'imprimerie offraient le même phénomène, ce qui augmentait encore leur peu de netteté.

« Ce changement apparent dans la forme géométrique des lignes regardées par le malade est une métamorphopsie due probablement à une pigmentation du fond de l'œil dans la région de la *macula lutea*. J'ai observé un trouble semblable de la vue dans un autre cas; il s'agissait d'une luxation spontanée de la lentille, accompagnée de choroïdite aréolaire.

« L'examen ophthalmoscopique fait à l'image renversée montre au fond de l'œil une lésion intéressante que j'ai figurée dans mon travail publié en langue russe.

« La papille est normale ; à sa droite, on voit une bandelette en forme de faucille, dont la concavité se trouve du côté du disque optique. La longueur de cette bande mesure à peu près quatre fois le diamètre, et sa largeur maxima un peu plus du rayon de la papille. A une distance de celle-ci, égale à deux fois et demie son diamètre, on trouve l'extrémité supérieure de la bande ; l'extrémité inférieure n'en est séparée que par une distance égale à deux fois ce même diamètre. Dans les parties moyenne et supérieure, les bords sont encadrés par du pigment brun noirâtre ; leur tiers inférieur reprend peu à peu la coloration normale du fond de l'œil. La bande elle-même affecte une coloration d'un blanc d'argent et présente en quelques points, au milieu et dans le tiers inférieur, un reflet rougeâtre. Les vaisseaux de la rétine suivent leur trajet habituel ; deux veines parcourent sans interruption l'extrémité inférieure de la raie blanche ; mais un petit rameau artériel, placé un peu plus haut que les veines, présente un aspect particulier, dont je ne puis donner l'explication. Au niveau de la bandelette, ce vaisseau, formé de la réunion de deux vaisseaux plus petits, s'arrête brusquement ; plus loin, dans la même direction, on voit un vaisseau artériel du même calibre à peu près que le précédent, et qui se détache de l'artère centrale de la rétine ; mais il n'arrive pas jusqu'au bord concave de la raie. Il n'est pas facile de décider s'il y a là deux vaisseaux différents, ou si ce sont les deux extrémités d'un seul vaisseau qui serait rompu. On voit, en outre, dans la choroïde, deux amas de pigment brun noirâtre ; l'un d'eux a la forme d'une tache étendue, ronde, située entre la bandelette et la papille du nerf optique, tout contre la tache jaune. Le deuxième groupe, composé de trois petites taches, est à gauche et au-dessus de la papille, qui n'en est séparée que par une fois sa largeur.

« Si maintenant l'on tient compte du mode de production de la lésion oculaire, de la diminution subite de l'acuité visuelle, enfin de la forme des altérations du fond de l'œil que l'ophthalmoscope révèle un an après la blessure, on arrive à conclure qu'il s'agit là d'une rupture traumatique de la choroïde, dans sa partie supérieure et externe, immédiatement en dehors de la tache jaune. Nous trouvons encore les restes de cette déchirure. La coloration blanche de la raie en forme de faucille, qui présente quelques points légèrement rougeâtres, appartient à la sclérotique, recouverte par-ci par-là de faibles débris de la choroïde, et qu'on voit à travers la membrane rétinienne. Les dépôts de pigment qu'on trouve sur les bords de la solution de continuité, et les deux taches pigmentaires, sont des résidus d'hémorrhagies de la choroïde placées sous la rétine. Les deux veines rétiniennes, qu'on voit passer sans interruption à travers la déchirure, peuvent faire admettre que la membrane nerveuse est intacte à ce niveau ; mais l'absence de vaisseaux dans la moitié supérieure de la raie, l'état particulier du rameau artériel cité plus haut, permettent de douter de son intégrité absolue. »

OBSERVATION XVI (MONOYER [1]).

*Rupture isolée de la choroïde ; foyers hémorrhagiques en quelques
endroits de cette membrane. Décollement de l'iris. Scotome central.*

Le 29 août 1867, le nommé Michel H..., âgé de près de vingt-quatre
ans, célibataire, scieur de long, né et domicilié au Neuhof (près
Strasbourg), se présente à la clinique ophthalmologique.

Anamnestiques. — Le malade raconte que, la veille (28 août), se trouvant placé en face d'une scie circulaire en mouvement, il a été frappé
à l'œil gauche par un morceau de bois lancé avec force, taillé en
forme de coin et d'environ sept centimètres de longueur sur trois centimètres d'épaisseur. A l'instant même, l'œil atteint a saigné abon-
damment et la vue y a été abolie.

État actuel. — A la date du 29 août, lendemain de l'accident, l'état
de l'œil gauche est le suivant :

Paupières un peu tuméfiées, mais ne présentant pas de solution de
continuité ; larmoiement ; vive injection des vaisseaux conjonctivaux
et sous-conjonctivaux du bulbe oculaire. Cornée et sclérotique intactes.
Tension intra-oculaire un peu supérieure à celle de l'œil sain. Épanchement de sang dans l'humeur aqueuse ; la majeure portion de ce
sang est déjà rassemblée à la partie déclive de la chambre antérieure
sous forme d'hyphéma. Pupille assez fortement dilatée et immobile ;
décollement de l'iris comprenant près du quart inféro-externe de sa
grande circonférence. Les milieux réfringents de l'œil ne sont pas
assez transparents pour qu'on puisse, à l'aide de l'examen ophthalmoscopique, se renseigner sur l'état des membranes profondes. Sous le
rapport fonctionnel, le malade accuse l'existence d'un scotome central
dans l'intérieur duquel $V = 0$; les régions supérieure et inférieure du

---

[1] C'est l'observation détaillée du cas qui se trouve mentionné dans les *Annales d'oculistique*, 1867, LVIII, p. 159, note.

champ visuel font également défaut ; la vue n'est conservée que dans les parties latérales extrêmes. Douleurs ciliaires et sus-orbitaires.

Traitement. — Instillations d'une solution forte de sulfate d'atropine (4 fois par jour) ; six sangsues à la tempe gauche. Repos de l'œil. Pilules mercurielles laxatives (5 tous les trois jours).

Marche de la maladie. — Le 7 septembre, les symptômes inflammatoires se sont considérablement amendés ; l'hyphéma est entièrement résorbé. Continuer les instillations d'atropine et l'usage des pilules mercurielles laxatives.

Le 13. Plus de signes d'inflammation ; cessation complète des douleurs.

Les milieux réfringents sont redevenus assez transparents pour permettre de distinguer avec une certaine netteté le fond de l'œil : entre la papille et le *macula lutea*, et tout près de ce dernier, on remarque une petite plaie d'une étendue égale environ au quart de la papille, à contours irréguliers et bordés de points d'un brun foncé ; cette plaie présente un reflet gris bleuâtre, et la rétine paraît y être soulevée par une collection liquide. De l'autre côté de la tache jaune, à son côté externe par conséquent, se montre l'extrémité d'une ligne blanchâtre étroite ; cette ligne se dirige en bas et en dehors à l'image renversée (en réalité en haut et en dedans), en suivant la circonférence d'un cercle dont la papille occupe le centre, et se termine avant d'avoir atteint la verticale passant par le centre de la papille ; elle décrit ainsi un arc de cercle correspondant à un angle d'environ 60°.

Au-devant de cette ligne blanche, on peut suivre deux vaisseaux qui la croisent transversalement. L'un de ces vaisseaux, le plus volumineux, se voit près de l'extrémité inférieure (image renversée) ; il présente une coloration rouge foncé, et l'on peut constater sa continuité avec un gros tronc veineux. Un autre petit vaisseau traverse la ligne blanche, à peu près à la réunion du tiers supérieur avec les deux tiers inférieurs. La couleur paraît moins foncée que celle du précédent ; elle rappelle celle des vaisseaux artériels. Mais il est impossible de le suivre jusqu'au tronc qui lui a donné naissance ; il se perd des deux côtés dans le fond de l'œil, qui présente une teinte uniforme.

Ces deux vaisseaux se trouvent, du reste, dans un état d'intégrité parfaite ; ils ne sont le siége d'aucune altération, soit dans leur forme, soit dans leur direction, soit dans leur couleur, en passant au niveau de la ligne blanche.

En outre, à peu près directement au-dessus de l'entrée du nerf optique (image renversée), à une distance égale à deux fois le diamètre de la papille, on observe deux taches tout à fait semblables, pour la forme, l'aspect et l'étendue, à celle que nous avons décrite près du *macula lutea* ; ce sont aussi des décollements partiels de la rétine produits par une hémorrhagie sous-rétinienne ; chacune de ces taches est traversée en son milieu par un rameau de la branche descendante de la veine centrale de la rétine, rameau qui ne présente aucune interruption en cet endroit. Quant à la papille optique, elle n'offre rien d'anormal dans son intérieur ; mais sa moitié externe et inférieure (supérieure à l'image renversée) est entourée d'une sorte de croissant brun foncé dont le côté concave suit le contour de la papille ; cette apparence est le résultat de suffusions sanguines qui se sont produites dans cette région sous la rétine, car on voit les vaisseaux rétiniens passer sans interruption au devant de cette zone hémorrhagique. Le reste du fond de l'œil, aussi loin que le regard peut atteindre, ne présente pas d'altération. Les lésions que nous venons de décrire sont indiquées sur le dessin ophthalmoscopique qui a été pris douze jours plus tard (25 septembre) par notre ami et confrère le docteur Gross (voy. la planche I qui accompagne ce travail). Dans l'intervalle, aucun changement bien appréciable ne s'était manifesté dans l'aspect du fond de l'œil.

En présence des constatations ainsi faites à l'ophthalmoscope, il était possible de préciser le diagnostic jusque-là incertain : nous avions affaire à une *rupture de la choroïde*, sans participation de la rétine, mais avec de petits décollements partiels de cette dernière membrane

T.

dus à des hémorrhagies choroïdiennes. L'observation ultérieure du malade a mis hors de doute ce diagnostic.

Continuer l'usage des pilules laxatives et les instillations de sulfate d'atropine; on prescrit, en outre, des applications de vésicatoires volants sur la région frontale gauche.

Le 21. Le scotome a diminué d'intensité; la vision centrale est un peu revenue.

Vésicatoires volants; pédiluves irritants. Supprimer les instillations d'atropine.

Le 19 octobre. Amélioration considérable : l'acuité de la vue centrale $V = \dfrac{1}{10}$. A l'ophthalmoscope, on constate la résorption du liquide qui soulevait la rétine dans les trois points signalés précédemment ; ces endroits ne sont plus reconnaissables qu'à un reste de pigmentation foncée provenant de la matière colorante du sang épanché. La rupture de la choroïde est de plus en plus manifeste; les deux bords de la solution de continuité sont nettement délimités, et leur intervalle reflète dans tout son éclat la coloration blanche de la sclérotique ; l'écartement des lèvres de la plaie ne dépasse pas sensiblement l'épaisseur des troncs veineux de la rétine au niveau de leur point d'émergence dans la papille ; cet écartement diminue graduellement à mesure qu'on se rapproche du *macula lutea*, ce qui nous avait fait comparer la forme de la déchirure de la choroïde, dans ce cas, à celle d'une *défense d'éléphant* vue de profil et dont la concavité serait tournée du côté du disque du nerf optique. Nous retrouvons, comme à l'époque où a été pris le dessin, les deux vaisseaux rétiniens qui traversent, sans la moindre interruption, la rupture de la choroïde.

Continuer le traitement institué.

Le 26. La vue centrale s'est encore considérablement accrue; $V = \dfrac{4}{10}.$

Le 2 novembre. Pas de changement dans l'acuité de la vue de l'œil malade. On détermine en même temps l'état de la réfraction aux deux yeux et on trouve :

$$R_m = \begin{cases} O\ D. - \dfrac{1}{36} & V = 1 \\[2mm] O\ G. - \dfrac{1}{42} & V = \dfrac{4}{10} \end{cases}$$

Le 9. Même état que lors de la dernière visite.

On prescrit, à l'essai, des instillations de sulfate de strychnine.

Le 16. La vue est retombée à à $V = \dfrac{1}{20}$; cette aggravation de l'état de la fonction visuelle semble devoir être attribuée à l'emploi du sulfate de strychnine ; le malade lui-même s'est aperçu que sa vue faiblissait dès les premières instillations de ce médicament. On s'empresse d'abandonner le sulfate de strychnine pour revenir au traitement antérieur : vésicatoires volants et pédiluves irritants.

Le 23. La vue est de nouveau en voie d'amélioration. La mydriase a diminué ; l'iris commence à exécuter de faibles mouvements.

Le malade éprouve, depuis le 17 novembre, des bourdonnements dans la tête.

Le 30. L'acuité de la vue est remontée à $\dfrac{4}{10}$, valeur qu'elle avait déjà atteint le 26 octobre. La pupille n'a plus que 5 millimètres de diamètre.

Continuer les pédiluves irritants.

Le 7 décembre. $V = \dfrac{5}{10} = \dfrac{1}{2}$.

Le 14. Même état.

Le 7 décembre 1868. — Michel H... n'est plus venu nous voir depuis un an ; nous le mandons auprès de nous, à l'effet de constater l'état actuel de son œil gauche.

Le malade raconte que, depuis l'automne dernier, sa vue a de nouveau baissé à l'œil qui avait été lésé ; jusqu'à cette époque elle s'était maintenue dans l'état où nous l'avions trouvée la dernière fois que nous l'avions déterminée ($V = \frac{5}{10}$, à la date du 7 décembre 1867); peut-être même s'était-elle encore un peu améliorée.

On constate, en outre, à la main droite, les suites d'un traumatisme qui a nécessité l'extraction de la phalangette de l'index. Cet accident n'a, du reste, aucun rapport avec l'affaiblissement de la vue qui l'a précédé environ à un mois de distance.

A l'ophthalmoscope, nous retrouvons la déchirure de la choroïde : son aspect n'a pas changé depuis la dernière fois que nous l'avons vue. Mais c'est la seule lésion qui ait subsisté ; tout le reste du fond de l'œil est parfaitement normal ; les soulèvements de la rétine ont entièrement disparu ; il est impossible de trouver la moindre altération qui indique leur emplacement primitif; tout au plus aperçoit-on un léger pointillé dans la région où siégeaient les suffusions sanguines qui formaient une sorte de croissant autour de la papille.

L'examen fonctionnel donne V à peine égal à $\frac{2}{7}$, c'est-à-dire inférieur à $\frac{3}{10}$. Depuis un an, l'acuité de la vue centrale a donc diminué, car on se rappelle qu'à cette époque elle était remontée à $\frac{4}{10}$. Mais, par contre, il existe un point excentrique du champ visuel où la vue a acquis un degré de finesse inaccoutumé; ce point est situé en dehors du point de fixation central, sur la même horizontale que ce dernier; il répond, par conséquent, à un point de la rétine placé au côté interne de la tache jaune; l'angle que forment entre eux les axes qui passent l'un par le *macula lutea* et l'autre par le point excentrique indiqué est d'environ 35°. L'acuité de la vue en ce point est $V' = \frac{4}{10}$ supérieure, comme on le voit, à l'acuité de la vue centrale. Néanmoins, quand le malade fixe les objets avec les deux yeux, il continue à se servir de son axe visuel central, malgré son infériorité relative sous le rapport fonctionnel; ce n'est que dans la vision monoculaire. avec l'œil gauche seul, que Michel H... dirige de préférence vers les objets qu'il veut voir le plus nettement l'axe secondaire qui répond au maximum d'acuité visuelle.

Passant à l'exploration du champ visuel, nous constatons au milieu une bande qui court verticalement d'une extrémité à l'autre du champ et dans l'intérieur de laquelle la vision est très-imparfaite; les objets placés dans cette zone paraissent *sombres* au malade. La largeur moyenne de cette bande correspond à un angle d'environ 8°; à peu près au centre se trouve le point de fixation central; à ce niveau, la zone en question s'élargit de près du double. La portion de la zone située au-dessous du point de fixation, et c'est celle qui répond à la région du fond de l'œil occupée par la rupture de la choroïde, fonctionne encore plus mal que la moitié supérieure. A droite de cette première zone médiane, le champ visuel paraît s'étendre sans interruption jusqu'à ses limites naturelles, et la vision y est meilleure, mais inférieure néanmoins, à ce qu'elle est dans la région externe. Dans cette troisième zone, en effet, les fonctions de la rétine ne semblent pas avoir subi d'atteintes; la vision y a même un degré d'acuité plus grand que de coutume, car c'est là qu'est situé le point qui répond au maximum d'acuité visuelle.

Cette zone n'a guère plus d'étendue que la zone interne, et son contour extérieur se confond avec les limites mêmes du champ visuel, preuve que ce dernier est rétréci du côté externe, car, dans cette direction, il devrait s'étendre à l'infini.

La figure de la pl. II représente le champ visuel que nous venons de décrire rapporté à une distance de 15 millimètres du centre optique de l'œil; les trois zones dont nous avons parlé y sont indiquées par des teintes dont l'intensité est en rapport avec le degré de la perception des objets. Le point marqué V désigne le point de fixation centrale; V. est le point qui répond au maximum d'acuité visuelle.

Pour être complet, ajoutons que la pupille de l'œil gauche est restée un peu plus large que celle de droite et qu'elle est allongée parallèlement à la direction du décollement de l'iris. Sous l'influence des mydriatiques, elle se dilate dans tous les sens, à l'exception de la partie décollée.

Vu par le président de la thèse,
V. STOEBER.

Permis d'imprimer.
Le Recteur, A. CHÉRUEL.

BIBLIOGRAPHIE.

1854. A. DE GRÆFE, Zwei Fälle von Ruptur der Choroïdea (*Archiv für Ophthalmo-logie*, I, 1re part., p. 402. — Mentionné dans les *Ann. d'ocul.*, 1855, XXXIII, 144).

1855. FR. A. VON AMMON, *in* Das Verschwinden der Iris durch Einsenkung etc. (*Archiv für Ophthalm.*, I, 2e part., p. 124 et 127. — Traduit et analysé dans les *Ann. d'ocul.*, 1856, XXXV, 229).

STREATFEILD, Various ophthalmoscopic appearances of the vessels of the optic disk, when excavated (*Ophthalm. hosp. Reports*, 1860, II, p. 241).

1860. P. FRANK, Scars of the choroïd after traumatic ruptur (*Ophthalm. hosp. Reports*, 1860, III, p. 84. — Analysé dans les *Ann. d'ocul.*, 1861, XLVI, p. 59).

1864. SCHWEIGGER, dans *Vorlesungen über den Gebrauch der Augenspiegel*. Berlin 1864, p. 95. — *Leçons d'ophthalmoscopie*, traduction française du docteur Herschell, Paris 1865, p. 90.

1865. HILLENKAMP, De rupturis choroideæ, Diss. inaug. Bonn, 31 juillet 1865 (en latin).

1865. HIRSCHLER, Ruptur der Aderhaut nach einem Stoss auf das Auge (*Wiener medizinische Wochenschrift*, 1865, 15 nov., n° 91, p. 1541, et 18 nov., n° 92, p. 1557).

ZEHENDER, dans *Handbuch der Augenheilkunde*, par E. Seitz, continué par W. Zehender, 2e édit. Erlangen 1865, p. 736 et 751, pl. II, fig. 2.

1866. FANO, *Traité des maladies des yeux*. Paris 1866. I, p. 49, obs. XII : Hémorrhagie traumatique de la choroïde gauche (rupture de la choroïde méconnue par l'auteur et prise pour une atrophie de cette membrane).

1866. SÆMISCH, Zur Ætiologie der Netzhautablösung (*Klin. Monatsbl. für Augenheilk.*, 1866, p. 111. — En extrait dans les *Ann. d'ocul.*, 1867, LVIII, p. 159).

1866. HAASE, Trauma oculi sinistri; ruptura choroïdeæ (*Klinische Monatsbl. für Augenheilkunde*, 1866, p. 225. — En extrait dans les *Ann. d'ocul.*, 1867, LVIII, p. 161).

1867. SÆMISCH, Traumatische Ruptur der Retina und der Choroïdea (avec une planche chromo-lithograph.).(*Klin. Monatsbl. für Augenheilk.*, 1867, p. 31.)

64

1867. Stellwag von Carion, dans *Lehrbuch der praktischen Augenheilkunde*. Wien 1867, p. 282.

1867. Talko, Eine Beobachtung von Ruptura choroideæ (*Klinische Monatsbl. für Augenheilkunde*, 1868, p. 269. — C'est une observation traduite du russe en allemand et publiée d'abord dans les Comptes rendus de la Société médicale du Caucase, 1867, n° 4, p. 85, avec une planche chromo-lithographiée).

1867. F. Monoyer, Observation abrégée d'un cas de rupture de la choroïde (*Ann. d'ocul.*, 1867, LVIII, p. 159).

1868. Mauthner, dans *Lehrbuch der Ophthalmoscopie*. Wien 1868, p. 446 (4 observations).

Die Verletzungen des Auges, par Zander et Geissler. Leipzig et Heidelberg 1864; article : Rupturen der Aderhaut, p. 391.

Traité théorique et pratique des maladies des yeux, par L. Wecker, 2ᵉ édit. Paris 1867; article : Blessures de la choroïde, apoplexies, décollement. t. 1, p. 539.

QUESTIONS

POSÉES PAR LA FACULTÉ ET TIRÉES AU SORT, EN VERTU DE L'ARRÊTÉ DU CONSEIL DE L'INSTRUCTION PUBLIQUE DU 22 MARS 1842.

1° *Anatomie normale.* — La disposition des dernières distributions des filets nerveux est-elle la même dans tous les tissus de l'économie?

2° *Anatomie pathologique.* — Du développement nutritif enrayé, en général.

3° *Physiologie.* — De la sensibilité du nerf facial.

4° *Hygiène.* — De la mensuration de l'angle facial. Appréciation des divers goniomètres faciaux.

5° *Médecine légale.* — De l'impuissance chez la femme.

6° *Accouchements.* — De quelle manière peut-on s'assurer de l'inclinaison vicieuse du bassin?

7° *Histoire naturelle médicale.* — Existe-t-il plusieurs espèces d'aloës? Faire connaître leur nature chimique.

8° *Chimie médicale et toxicologie.* — Des préparations arsénicales employées en médecine.

9° *Pathologie et clinique externes.* — Comment se fait la cicatrisation des abcès, à la suite de l'évacuation du pus par simple ponction?

10° *Pathologie et clinique internes.* — Exposition comparée du dogmatisme et de l'empirisme.

11° *Médecine opératoire.* — Des amputations des doigts de la main.

12° *Matière médicale et pharmacie.* — Quels sont les avantages et les inconvénients de la forme pilulaire donnée aux médicaments?

ERRATUM.

Pages 6, 8 et 48. — Une nouvelle confrontation des textes originaux nous donne lieu de craindre que nous n'ayons attribué, à tort, à Zehender une observation qui ne lui appartient pas en propre, et qui ne serait que la reproduction très-écourtée de la première observation de Sæmisch, publiée par Hillenkamp (voir notre obs. V, p. 39). En effet, notre obs. VIII (p. 48), que nous rapportons à Zehender, est suivie, dans le *Traité d'ophthalmologie* de Zeitz et Zehender, 1865, p. 752, d'où nous l'avons tirée, de la phrase suivante : «*In der Klinik des Herrn Dr. Sämisch, in Bonn, kam auch noch der nachfolgende Fall zur Beobachtung* » (le cas suivant a *encore* été observé *aussi* à la clinique de M. le docteur Sæmisch, à Bonn); l'auteur continue en résumant très-brièvement, en dix lignes, ce second cas, dans lequel on reconnaît la seconde observation publiée par Hillenkamp et complétée plus tard par Sæmisch; c'est notre obs. VI. Ce qui justifie nos craintes, c'est que Hirschler dit positivement que la figure chromo-lithographiée qui accompagne l'observation relatée par Zehender se rapporte au premier cas publié par Hillenkamp. Nous avons été induit en erreur par quelques divergences qui existent entre la version de Hillenkamp et celle de Zehender, divergences qui portent, comme on peut s'en assurer en lisant nos traductions, sur l'âge de la malade, la date de son entrée à la clinique et l'époque de sa guérison définitive.

Le nombre des cas de rupture isolée de la choroïde, observés jusqu'ici, se trouverait ainsi réduit à vingt.

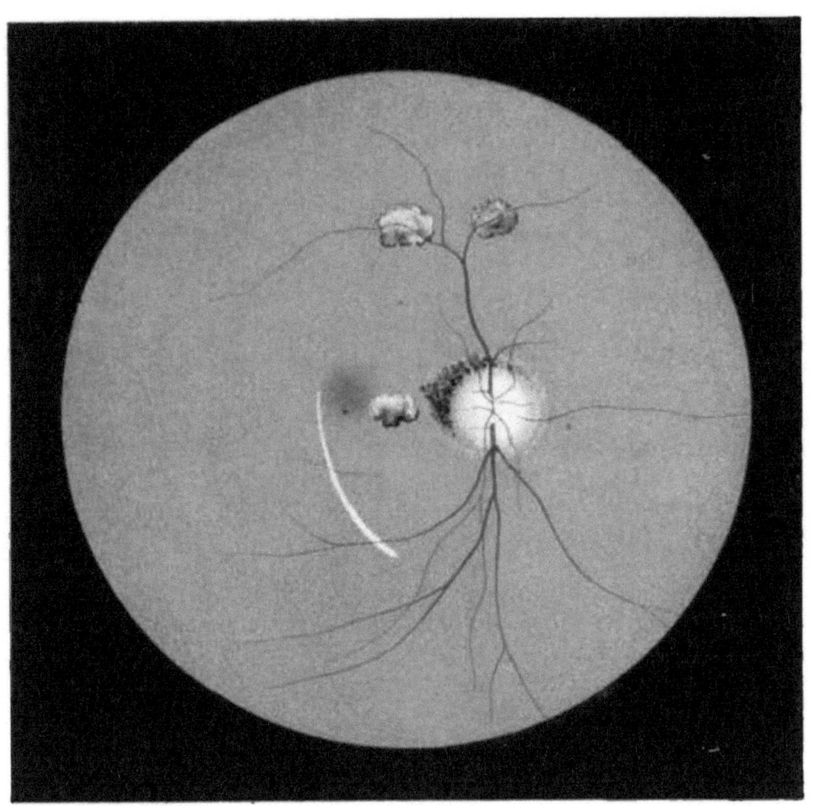

RUPTURE de la CHOROÏDE. (Œil gauche ; image renversée.)

TABLE DES MATIÈRES.